造次

沐羽 著

目次

以防自欺欺人。

——海明威

那個世界是如此嶄新，許多東西都還沒有命名，想要述說時還得用手去指。占卜官用棍子對著天空比劃，劃出一塊想像的長方形，透過一些原則，詢問有關鳥的飛行狀況。而生活總是在他方。四野八荒。我要河流般地流溢向何方？我是生活嗎？還是我只是生活的一個意志？情感的枯竭，經驗的貧困，形式已然固定的散文類型從而也封鎖了生命。在生活中，一如在文學中，我們的航行要靠細節的星辰指引。我隱隱相信：每一個截面、每一幅漂浮的畫面，描述它們時刻所動用的細節，其實彼此之間，以一種神祕的織法連繫在一塊。機智是一種將不太可能會在一起的想法連在一起的藝術，就像是兩個友好的思想在突然之間久別重逢。我將自己視為一個嘗試的人，我嘗試去取悅別人，但當然沒有成功過。我嘗試把中國的文字壓縮，搥扁，拉長，磨利，把它拆開又拼攏，折來且疊去，為了試驗它的速度、密度、和彈性。

散文是大而化之的，散文是大可隨便的，散文就是一切的文章。我們給予它一種循環的形式，每個早上醒來，我們都會自問，將登上哪座高原，在這裡寫下五行，在別處又寫下十行。我們已經形成了收斂之圓。想像一種連名字都很難定義的寫作吧：一種努力，一次嘗試，一場試驗，無論是推測也好，犯險也罷，隨之而來的很可能還是失敗。但你怎麼能批評這個世界上那些真的在嘗試做點事情的人？他們在嘗試！從甚麼時候開始，嘗試變得不酷了？我希望大家捲土重來，給新文學開闢出一塊新的土地來，豈不好麼？

論嘗試文，混剪

馬奎斯、巴特、言叔夏、黃錦樹、伍德、駱以軍、施勒格爾、桑塔格、余光中、賈平凹、德勒茲、瓜塔里、狄倫、A$AP Rocky、周作人。

好玩的事

01

我三十歲了，正躺在沙發上用手機修改這本書的初稿，改到費神的段落時就把腳蹺起來當桌子，輕鬆和心虛之間的邊界比想像中還要單薄很多。這聽起來或多或少像一種療傷過程，而它確實是我的心結了，從上本散文集《痞狗》出版後，我就隱然覺得有些事情還沒做完。**不夠徹底**。我想寫這個題材已經很久很久，久得儘管熱情已經燒剩回憶與餘燼，儘管側向一旁的重心讓我可以隨時從這份工作上逃跑，儘管在手機上改稿還有幾百條通知誘惑分心，這本書還是用了一百種方法在一千個地方把我拖回來。

過往在擠不出半個字，或是在段落與段落之間迷失方向之時，我通常會打開《巴黎評論》的作家訪談集，看看大師們如何用文學丈量世界。而我彷彿部落的占卜官抬頭看向漫天星辰，無論是第幾次凝視都像是第一次望向夜空般震撼得瞠目結舌。那是所有創作者的急救包、濃縮咖啡、乾糧、砍刀、望遠鏡、打火機、避難所與地圖。在眾多作家之中，有一個形象我不用重讀都能倒背如流：寫犯罪小說《冷血》的楚門・卡波蒂（Truman Capote）說，他是一個水平的作家。

剛讀到這行字時我懷疑是不是漏譯了一個字，結果還真的是水平：「我是一個水平的作家。只有躺下來——不管是躺在床上還是攤在一張沙發上，香煙和咖啡觸手可及，我才能夠思考。我一定得吞雲吐霧細啜慢飲。隨着午後時光漸漸推移，我把咖啡換成薄荷茶，再換成雪利酒，最後是馬丁尼。」我繼承了這個姿勢。不過有時還是會想，如果飲料是他自己去弄的，那肯定花了不少時間離開沙發去廚房翻箱倒櫃，聽起來非常像不想寫稿時拖延症發作的藉口。

我們時常對作家的生活細節感到津津樂道，《巴黎評論》編輯部深知這一點，在他們的訪綱上總有一題「請問您的寫作習慣是怎麼樣的」。除了躺平的卡波蒂以外，硬漢海明威（Ernest Hemingway）在清早起床後，就踩著拖鞋全神貫注地站在寫字板前，唯有將重心從一隻腳換到另一隻腳時，才會挪動一下身體。他每天工作完畢後會將字數記錄在一張表格上，四百五十，五百七十五，四百六十二。他說：**以防自欺欺人**。短篇小說教父雷蒙・卡佛（Raymond Carver）一旦進入寫作狀態時每天都寫，一坐下來就是十到十五小時，一天接一天，他說這**使他快樂**。至於將後現代主義玩得像空中雜耍的保羅・奧斯特（Paul Auster）總是用方格記事本寫，其後打字，打字讓他以一種新的方法體驗一本書的整體敘事流。當然，還有村上春樹的人體奇觀，凌晨四點起床，工作五到六小時，下午去跑十公里或游一公里，然後讀讀書聽聽歌，九點睡覺，每日如是。

在不到一百年前，郁達夫曾經向我們揭示了散文與生活之間的曖昧關係，那幾乎像一份購物清單了。他形容道，只消把現代作家的散文集一翻（他的語氣讓人不得不想起傢俱店的型錄），這作家的世系、性格、嗜好、思想、信仰、生活習慣等等，無不活潑潑地顯現在我們眼前。散文提供了一個甜蜜的假象，透過閱讀一位作家的文字，我們彷彿認識了他，儘管我們擁有的從來只有這方方正正的一疊文字，但仍毋寧相信，我們曾藉由閱讀靠近過作家的生活。

饒舌一點地說，透過散文，我們觀看了一位觀看生活的人的生活。我們相信他的描繪，並陷入敘事流中不能自拔，像在激流裡遇上另一艘苦撐的小船，但它擁有一種特殊的技術，讓人甘願相信生活就應如此。最初在甲板上時，我們不無懷疑地打量他們，這是真的嗎？這是生活嗎？但很快地，清單上的性格、嗜好、思想、習慣等等逐一解鎖，在數量的浪濤與劃一的姿勢下，我們不知不覺間就被說服了，如若觀看一場精采絕倫的水上芭蕾。

散文說服我們的方法與小說截然不同，小說可以優雅地呈現生活，海明威與卡佛可以硬生生地去頭截尾讓你推理，村上可以用設定引導你進入世界，奧斯特也可以用情感勾引你的共鳴。然而散文，它把文字砸到你臉上，投手呼嘯咆哮著這片泥濘就是我的生活，我從滔天巨浪裡逆水行舟，搶救回來的就是這個形狀。站在實體書店或是用手機逛網絡書店時，我總情不自禁地思考這個問題——儘管我也寫散文——作者的疼痛與我何干？我選擇與作者共感，是因為我想證明文學能夠讓我同情其他人的遭遇嗎？

但為甚麼我要去知道別人的世系、性格、嗜好、思想、信仰、生活習慣？難道我要像卡波蒂《冷血》的殺手一樣，拿把槍摸上門去嗎？

天底下沒有比作家更想幹掉一兩個作家的人了，非常好鬥的美國評論家布魯姆（Harold Bloom）寫了一本書來分析這種心理，名為《影響的焦慮》。有人的地方就有江湖，有江湖的地方就有刀光劍影和派系傳承。文學傳統作為一種建制派，對新手的影響無遠弗屆，布魯姆把它形容為一種影響。比較謙虛的新手會選擇理想化前輩，而比較不滿的就選擇拔劍相向。布魯姆將這兩種新手視為弱者與強者，在他筆下，作家們幾乎隨時準備好要像伊底帕斯王那樣弒父娶母，還得把自己生出來，忙得像個初次去夜店放歌的新手DJ那樣雞手鴨腳一場胡塗。總而言之，「一代一代追逐名聲者不斷將別人踩翻在地。」有時候其實真的不必那麼好鬥，文學又不是馬克思主義的喉舌或權杖，前輩也不總是在剝削和異化。溫和一點來說，作家對於影響的各種回應，是時間流逝與社會變遷下必然的新陳代謝。

新人覺得前輩礙事，前輩又何嘗不覺得大前輩落伍，只是抱怨的形式不一樣了，始起彼落的都是禮數，不用沒事就拿把槍摸上門去的。在書店裡，我們經常看到小說家們寫一本書講怎麼閱讀小說，偶爾有詩人出一本書講如何讀詩，這些作者確實提供了我們入門方法，但它其實是一個手勢：舊的不夠，我來寫吧。如果我們以學者論文來理解這些書，馬上就能豁然開朗——他們每時每刻都在修訂與批評前人的學說。這裡頭總可以被理解成一種暴力傾向，明刀暗箭都在試圖把巨人肩膀痛踩出一個窟窿來。至於評論，本身就內建一種殺人越貨的意味，亮劍出鞘的羅蘭・巴特（Roland Barthes）還宣告作者已經死了，下一個要死的就是寫實主義。刀光劍影江湖險惡，就算囚徒困境教會我們和平共處比較合乎整體利益，但是體內沒幾公升冷血又怎麼搞文學呢。

然而我始終相信一種並非零和遊戲或勝者全拿的文學邏輯，合則來不合則去，回去寫自己的東西，讀自己想讀的書，找到志同道合的伙伴不就好了嗎。

某天在沙發上讀到一個段落時，忍不住人立而起，與卡波蒂成一個垂直交叉的構圖。後來這個疑問就像煙霧在湖面彌漫，逐漸收歸約束起來，最終成了這本書的模樣。其實這個問題相當簡單，一句到尾：**為甚麼幾乎沒有散文家用一整本書的規模來談散文**？把這條問題稍微兩端扯鬆一些：我們能夠知道作家的世系、性格、嗜好、思想、信仰、生活習慣，反而不知道他們怎樣建立一個寫散文的系統方法？他們說服我了，但他們從頭到尾都沒說自己是怎麼辦到的。就沒有人想去寫寫散文或前輩的「影響」嗎？

郁達夫也好，周作人魯迅也好，林語堂朱自清冰心也好，這些一百年前的作家或多或少都為現代散文繪製過地圖與疆界。但直到最近，中國學者劉軍在書名相當駭人的《當代散文理論流變史稿》裡，還是提醒了我們，現代散文理論的生發與倡導基本上都由以上作家來完成，但是時移世易，後來卻都在依靠學者，而且散文理論還交給了碩博士生的學術文章處理，是「眾人皆熟知的論文生產模式」。他寫道，散文研究變成了一種單線條的、接著說的、學科生產的東西，作家不再用書作為規模來為散文鬆土灌溉了。

幾年前我還在研究所摸索著寫碩士論文的方法時，首先學習的遊戲規則是權威，引用的資料來源是否符合教授的價值觀，研究的對象具不具備學院所理解的意義，諸如此類。某次在課堂討論到某位年輕作家的論述時，教授難掩嗤之以鼻：他連博士都不是。那是一種需要累積的經驗，一個通過刻苦與人際關係（當然還有運氣，絕大部分都是運氣）來建立的體系。而散文研究交予了這個體系後，從此拾級而上，一步一個腳印，穩打穩紮，理據必須要有前行研究，段落必須要有問題意識，反而失卻了學院以外的靈活自如。

這裡的問題並不是要在學者與作家之間二擇其一，劉軍提醒我們的，是散文這個文類在**分工之後沒有合作**。一如建制派與自由派互相需要對方，影響的焦慮底下也同時需要溫和與激進派，雙方競爭合作才有辦法推動改革。美國學者約瑟夫．諾思（Joseph North）說，我們身處在一個批評家全盤輸給學者的世代。

但文學是一件需要合作的事嗎？從大學開始，我所有寫作幾乎都是獨自完成的。就算有所謂的創作接龍，也只不過像是背對背站在湖中小亭，自顧自描繪眼裡的水面，最後因為工作需要所以釘裝成一份而已。從那時開始閱讀的文學作品，精神分析的模型，左翼（超過九成都是馬克思主義）的理論，都沒有甚麼合作成分。又或是作家訪談，都總是強調自己關起來寫——總不會有人的工作是每天陪村上春樹跑步游泳吧，奧斯特的經典也提醒我們，寫作是孤獨及所其創造的事。寫作，是一個人用文字將思緒精巧地從大腦裡勾引垂釣出來的工作，旁人是事後才存在的。

然而寫作，一個前景是作家伏在書稿前埋頭苦幹的形象，背景是無以數計的人群：出版業、印刷業、媒體、工廠、教授、行政人員、書店職員、物流運輸等等，共同構成了名為寫作的風景畫。在這幅圖景裡，有一些文類發展得比較蓬勃，有些甚至被布魯姆稱為正典，用來擔任文學界的火車頭。至於散文，它所受的前人影響來自何方？它如何與整個體系合作？它所關注的生活，通過怎樣的文學技巧來完成？我始終想寫一本關於這些問題的書，儘管它們泡過海水後越發膨脹，把我壓在沙發上動彈不得。

寫一本散文來討論散文，就像用技藝來反映技藝，我覺得這是很好玩的事。對我來說，文學的永恆角力就像是一場拔河，一端是先知而另一端是娛樂。娛樂最近被踢出去了，腳法還十分嚴肅，相當可惜，而先知們撫摸著黯淡的光環急怒攻心，卻沒有發現單線條是一件很無聊的事。因為世界就是這樣，要維持一定的水平，頭和腳都要存在，一如左派與右派互相制衡，建制與游牧互相攫奪，不然沙發就會倒向一邊了。

大衛・福斯特・華萊士（David Foster Wallace）在一篇名為〈所謂好

玩的事，我再也不做了〉的散文裡將眼前所有好玩的事都抱怨了一輪，這是一篇應雜誌社所邀的遊記，可以說是收錢抱怨的曠世爽缺了（如果你有這樣的爽缺請馬上聯絡我，保證不負所望）。他在九〇年代收了人家三千美元，開篇就寫下「他們想要的無非是一張巨大的、活靈活現的明信片而已」這樣的句子，以我們的語言來說，這叫業配背叛金主。在七天的加勒比海郵輪之旅後，他「馬上就要下船了，能夠從放縱至死的生活中存活下來，這已經很不錯」。我們可以看到，華萊士極力地壓抑自己的任何享樂之情，儘管他的行李全程都由工作人員幫忙拿、船外風景海天一色壯麗無匹、連續七天每天都可以叫十一次用餐服務；他就在那裡思考孩子會跳船自殺、因為酷熱而滿身是汗、要把筆記本堆在床上以顯名正言順等等的雜事，小心翼翼地維持不滿。總而言之，這是一篇爛得要命還貴得要死的業配文，透露出一種自命不凡的酸氣，跟他站在甲板上滿頭汗臭互相呼應。

儘管如此，華萊士還是指出：「寫作體驗文章的一大好處就在於，當遇到某些危急時刻，就比如現在我們滯留在小飛機庫裡等候登船，你可以把注意力從這場體驗中分散出來，專注思考文章可能會涉及的內容。」我想華萊士應該搞錯了一點，他強行讓自己從窮奢極侈的郵輪體驗上擰開頭去，不看那些好玩的事，但是寫作，本身才應該是好玩的事。他其實只是不願意將商業寫作和嚴肅文學統一起來，然後就壯闊無比地失敗了，像在高台跳水比賽裡炸出核子試爆等級的水花。因為寫作與閱讀本身就指引了我們如何去觀看風景，去摸索生活的輪廓，從中獲得顫慄般的快感，而不是膝射反應地在享受時還去思考厄運、汗臭、或諸如此類的矛盾心理。

我三十歲了，如果說最近想做些甚麼事，讓我覺得這一年來躺在沙發上有一個合理的敘事，那就是想寫一本好玩的書，寫一本稍微放鬆，稍微嚴謹；稍微人話，稍微鬼話；稍微好玩，稍微無聊；稍微彷徨，稍微篤定；稍微嘗試，稍微放棄；稍微自豪，稍微後悔；稍微合作，稍微競爭的書。在當代醫學下，可以說人生三十才開始，真是令人不知所措，措手不及，及時行樂，樂極生出一本書。書不宜遲，我們開始吧。

黃金之心

02

距離我第一次投文學獎已經超過十年的時光了，回憶自帶濾鏡，我沒有辦法準確描繪當時那個初出茅廬的自己，是如何患得患失地將幾份文稿折好塞入信封，假裝不在意地投進郵筒，心裡默念「這次沒上也沒關係，但當然有得獎就最好啦」等等的句子，並在得獎名單公布那天猛按官方網站的重新整理鍵，最後月復一月地得知自己再度名落孫山。

去年秋天，當我在擔任一家大學的文學獎評審時，一位得獎者在名次公布後向我道謝。我說，這有甚麼好謝的呢？得獎全憑你的實力。而他說，這是他給自己的最後一次機會，這次再沒得獎，他就要徹底放棄寫作了。

實在令人相當相當懷念的新手歲月，一幅有著寫作者遠大前景星垂平野闊的美好構圖，甚至有點過於浪漫，但那確實是震撼人心的純真。如今，那些所謂徹底的事，我再也不說了。在大學那些來回跌撞的日子，直到畢業那年，我才終於捧回第一個文學獎的三甲名次。那是一篇散文，自此以後，我就經常跟別人說，**我是寫散文的**。文學獎賦予了我一個初期設定，一個遊戲的成就系統，一個稱號：散文獎得主。這個稱號讓我得以前行，或以那位得獎者的話來說：我不會徹底放棄寫作了。我依稀記得，在散文得獎以前自己也講過類似的話。

文學獎算是一種履歷吧，只要我們打開實體書的書封折頁，又或網絡書店的作者介紹，十之八九都會看到作者履歷上寫著曾獲一兩個文學獎。我也並不例外，曾獲這個，曾獲那個，真可惜它在文法上只能位於過去式，不能正獲這個，將獲那個，這樣聽起來總是有點不太謙虛的樣子。但求職也會寫預期薪酬，我就不能期望這本書得大獎嗎。文學獎是這一行業別在肩膀上的徽章，用來交換一次入場的機會，如若拿著一張周遊券在月台上等候適合的火車。幾年前當我得了一個獎後，我的編輯找到了我，事情就這樣發生了。

換言之，文學獎是這個行業的求職平台，以一種不太尋常的方法，提供了上游階梯的第一級。以布魯姆的話來說，一代一代追逐名聲者不斷將別人踩翻在地，拾級而上，欲窮千里目更上一層樓。儘管這段話實在不太中聽，而且也不是事實：這個年代的文學又有甚麼名聲呢，文學獎能分配的資源也完全算不上甚麼大富大貴，頂多就是獎金和潛在的一紙合約，僅此而已。

但我們確實可以把文學獎的概念替換到其他工作上，我們去上班一般而言是為了賺取金錢、榮譽與人脈這三種資本，然後想方設法地把這些東西積累下去，而文學獎確實可以當成一份工作的試用期。剛入行的我們對於試用期確實有一個朦朧的想像，尤其是獎金作為薪水確實相當吸引。它是藏在山腰的一個寶箱，只等候我們用一篇文章將其撬開。智利作家波拉尼奧（Roberto Bolaño）的小說集《地球上最後的夜晚》開卷第一頁就寫道：「那時，我二十幾歲，窮得賽過老鼠。我拿夏天積蓄的錢維持生活。雖說不太花錢，可是一過秋天，積蓄越來越少了。也許這就是驅動我參加全國文學徵文比賽的原因吧。」

這是相當簡單直接的說明了，在我剛剛來到台灣時，一次接一次的文學獎讓我撐過經濟上的難關，聖經說的，不致滅亡，反得永生。用這層理解來說，文學獎其實是一次接案，一個專題，一份兼職，將作品交易成經濟資本。法國大文豪左拉（Émile Zola）告訴過我們：「是金錢解放了作家，是金錢創造了現代文學。應該要釋懷並且像個大人那樣地接受這件事，應該要承認金錢帶來的尊嚴、力量與正義……」我們現在很少能夠看到有人這樣說話了，畢竟，整個文學體制後來扭向了一個不太講錢的環境，至少，不能過份富有，也不能以此為終極目標。當然更不能叫人像個大人，子曰：切勿說教。

不過反過來說，如果是為了賺錢我們其實不會選擇文學，直接出門右轉去投資吧。我們閱讀文學，或多或少是為了從彌漫著數字的生活裡逃離，把目光投放到另外的遠景去。生活在他方。又正如文學獎，它真正的收益其實落在摸不著的地方。一如我在新手時期把自己定義為寫散文的，又或那位從文學獎獲得勇氣與自信的朋友，文學獎提供的是身分認同，它是一種加入，一張通行證，一套制服，一顆徽章與一個內行人才能理解的細節。這種細節描繪的圖像，是文學圈從上而下的立體投映。這座模型可以從匡靈秀在小說《黃色臉孔》的描述裡略知一二：「這個產業中的獎項都又蠢又抽象難懂，不太算是聲望或文筆好壞的象徵，比較像是一種跡象，表示你在一群人數非常少、帶有偏見的投票者中，贏得了人氣獎。」

而最重要的還是這段：「文筆很好，打勾，能夠同時吸引大眾及『高級』讀者，打勾，但最重要的是，這本書彌足輕重，是有關某個及時或敏感的議題，評審委員會可以指出來然後說，看，我們在乎世界上正在發生的事，而因為文學是我們生活其中的現實必不可少的反映，我們選擇加冕的，便是這個故事。」

這大概就是布魯姆所形容的名與利了。不只是新手上路的第一級樓梯，負責分配資源的評審也有自己的考慮。這大概是當我慢慢拾級而上後，回頭看去的城市風景。在這以上的樓層我尚未得知，然而至少，我不會像十年以前那樣因為沒有得獎而鬱鬱寡歡，所謂徹底和放棄的事，我再也不說了。

03

從我說自己是寫散文的，到躺平在沙發上想像一本關於散文的散文，這些年來文學獎的機制都沒有太大的變化，沒有因為網絡或社群媒體甚至生成式人工智慧而發生甚麼重大革命。最大的敗筆頂多是請了一個叫沐羽的人當評審，有點像在火車站放了一台故障售票機，可幸的是評審單位在看到這本書後應該不會再找我了。

整體來說，台灣的文學獎狀況不出朱宥勳的分析：在報紙、雜誌、文學獎三個發表平台當中，對新人最友善的就是文學獎。而遊戲規則從七〇年代沿用至今無甚變更：一、文學獎為保客觀，評審過程採取**匿名制度**，評審們不知道參賽者是誰；二、由於印刷成本與各項交易成本，**徵稿長度**大多位於一萬字或以下，詩則在五十行以下；三、為了公平與新鮮，投稿作品必須**從未發表**，因為發表過可能就違反匿名規則了。

我的編輯曾經跟我說過，他總在嘗試不依靠文學獎而去別的地方尋找作者簽約出書，這樣也許會找到一些新鮮的聲音。但這實在是太過困難，他在社群媒體的茫茫大海裡守株待兔，能等到的通常是剛好得獎的新人。要違反一個相對健康且歷史悠久的體制確實是有點自討苦吃，因為首先，這個機制就是我們上游的常規；其次是文學獎的資源遠超人口，獲得的難度並不苛刻，而且這份資源還幾乎沒有任何負面效果，新手們其實沒有需要在拒絕資源的情況下另闢蹊徑。更何況文學獎還有身分認同的正當性，沒得獎時我們往往有一種逃票感，畢竟競爭越大的地方，冒牌者症候群就越嚴重。

文學獎這場遊戲有它的規則機制，它的效果是讓排名靠前的新人們在評審的同意與支持下，有機會潛入文學界這個池塘裡一窺究竟。在這個機制的前景是評審與投稿者，背景是主辦單位、行政人員、出版社、教育機構等等的一個網絡。布赫迪厄將這個網絡稱為場域，巴特稱為體系，又可以叫市場或者結構或者根莖諸如此類。多如繁星的命名只為證明一件事，在文學獎這個看似點對點的上游階梯後面，其實人多勢眾。以布赫迪厄（Pierre Bourdieu）尖酸刻薄的場域理論來說：每個人都潛心投入這場遊戲，在得獎後，可以成為快樂的少數人。

不過這少數實在算不上甚麼少數，朱宥勳粗略估計了一下，台灣每年至少有七百五十篇來自報刊、地方縣市政府、以及若干理念團體自辦的文學獎作品。也讓鍾怡雯在一篇名為〈神話不再〉的文章裡感嘆：「台灣的文學獎實在太多了，多到氾濫。地方性、財團法人、宗教或者甚麼性質令人眼花撩亂，名堂記不起來的文學獎。」每次出現文學獎，都是文學界這個池塘嘗試擴張的跡象。

這是一場巨大而普遍的遊戲，不只投稿者想破頭怎樣突圍而上，評審也參與其中。《黃色臉孔》提醒我們，評審也會因為選擇某份作品得獎而獲得道德正當性。此起彼落你來我往的文學獎制度如若機器一般轟隆運作，而工廠必須擴張。以布赫迪厄的話來說，沒有甚麼東西比這樣的文化秩序更為可靠了，我們身處在這種文化當中，就像身處在呼吸的空氣當中那般自然。直到出現某種重大危機以及隨即而來的批判，制度才有可能改變。

文學獎與文學所描繪的世界圖像其實就是這個，一個顛倒的經濟世界，在這裡我們不講名利，不講投機，布赫迪厄說：**進入其中的眾人在乎的就是不在乎**。就像我十八歲時掛在嘴邊的「這次沒上也沒關係，但當然有得獎就最好啦」，裡頭都是根深蒂固的文學性了。就如同波拉尼奧《地球上最後的夜晚》的主角只獲得第三名鼓勵獎的感言：「當然了，我的小說比一等獎好，這讓我怒罵評審，心裡想，說到底，這類事經常發生。」當然了，除了這個我們能說甚麼呢。我們又不在乎，表面上是這樣說啦。

數年前有位朋友告訴了我他的得獎祕訣，每次在投文學獎前，他都會研究過往至少五屆得獎作品，揣摩這個獎的水平與規則。那時我大概是嗤之以鼻吧，畢竟還是患得患失的新手歲月，寧可懷才不遇也絕不同流合污。到後來發現那並不是污，說到底只是自己寫得太爛，月台上已經不知道離開多少台車了。當我慢慢理解到文學獎其實只不過是機制的一環，已經被現實的鐵拳痛打千百遍，心如一溝絕望死水。布魯姆說一代一代追逐名聲者不斷將別人踩翻在地，我滿身都是腳印，有些還有名牌logo。

前輩們常安慰我說：「沒關係啦，文學獎就是看運氣，並不代表甚麼。」其實不是的，這個安慰沒有幫助到人一絲一毫，因為準確來說，文學獎就是一方領地，一個驛站，一座城鎮。每個獎都有它所獎勵的風格與關懷，流派與意識形態，地方文學獎和全國性文學獎所支持的議題肯定並不相同。而評審儘管每屆不同，但討論起來的結果不會差得太遠，大家所講的運氣大多只集中在這個部分。班納迪克・安德森（Benedict Anderson）的比喻相當適合：大廈雖然經常易主，但是電路等設備通常都是流傳下來的。文學獎雖然有各種主辦單位，但是評審和制度通常都是流傳下來的。而把機會完全交付給運氣，就好像說現在投胎可以做全球首富的兒子差不多，我們沒那電路就別想用那插座了。

04

如果說投文學獎的人是為了不在乎，是為了不得獎而投稿的，這未免太過武斷，而且我們也沒有辦法繼續討論下去。這就好像看一個人去參加拳擊比賽，上場前大吼一聲我要輸，然後被一套組合拳痛扁得不省人事。所以我決定在這裡使用作者的權能，來做學者沒辦法做的事，讓我們強制從布赫迪厄的論述裡調頭閉口不談，假裝沒看見他的話，來將遊戲規則框限起來：**以下我們假設，一個人去投文學獎是為了得獎的**。＊

絕大部分文學獎都是小說散文詩三本柱，而我們一代一代追逐名聲者不斷練習這三種文類，以致後來新手村絕大部分都是御三家當道。我的編輯最後在非文學獎出身的地方尋找到的作家們，通常都是寫報導文學、評論、傳記等等的「其他」文類。在這裡我們可以看見：就算文學獎的原意是鼓勵性質，但鼓勵也是可以建制化與固定的，散落的人口也會湧向集中的資源。而且，就算個別文學獎會開設非三本柱的獎項，比如我先前跑去一家山上的大學當評審，他們就開設了預告片類這種新潮的獎項，但它們跟其他文學獎的晉升階梯不一樣。換言之，我在這個獎項裡所獲得的經驗值，換算到其他獎項時不太划算，匯率不算很好。技能樹獨立出去了。

朱宥勳也是老實不客氣，直接就指出了這種單篇文學獎所帶來的影響。他主要集中在短篇小說獎：由於評審不知道你是誰，也不知道你有甚麼思想脈絡，文學獎就唯有只比技術。「以小說來說，這造就了每一位台灣小

---

* 雖然反面顯然更為有趣，如果要研究投獎又不想得獎的心理，大概可以寫出一整本書，可能是小說吧，可以跟《黃色臉孔》對話。主動選擇無效率所得是一件很特殊的事，有點宗教意味在，又或以布赫迪厄的話來說：**聖化**了。

說家幾乎都能寫出很好的短篇小說，在技藝上善於小巧騰那、精微操作。但相對的，作家思考的規模也就被限制住了，導致許多作家沒辦法以一本書、一部長篇的規模來思考。」其實短篇小說不會限制作家的思考規模，而且長篇和短篇是截然不同的兩個文類，不過，如果一個市場的資源傾斜於獎勵短篇，那麼短篇在比例上多於中長篇相當合理。

問題其實並非出於文學獎這端，相反，台灣的文學獎太多了，多得應該有人出來合併幾個獎來大搞一筆，節省交易成本更有利參賽者與評審。文學獎說到底，是限制不住作家往更大的格局騰那操作的，正如我們必須假設文學獎投稿人是為了得獎，也必須假設作家有上游的**野心**。而朱宥勳所分析的斷裂位置，在於從得了文學獎以及拿到新書合約之間的這段縫隙。

這裡沒有任何升遷的必然性，換言之，從試用期到成為正式員工之間，完全沒有保障。這一切都是隨機的，只等候編輯忽然看到你的作品，覺得可以了，才把你的臨時車票換成對號座。

而文學獎就像遊戲新手村裡一群慈祥的長輩，總不吝嗇於給予新手任務和獎勵，但只要孩了前腳踏進轉職關卡，就從後踹上一腳慢走不送。這時我們通常手上拿著第一本書，興奮的心情才剛冷卻下來，這本書高達九成是文學獎得獎合集新曲加精選。匡靈秀在《黃色臉孔》的警告來得太晚了：「對大多數的作家而言，你的書的上市日，其實會是失望透頂的一天，前一個禮拜感覺會像是朝著某種偉大盛事前進的倒數，以為新書上市是一場熱鬧的開幕儀式，好評會立刻湧來，銷量也會一飛衝天到各家排行榜的頂端，並且就此停駐。但事實上，上市日帶來的只是巨大的失落而已，走進書店並看見你的名字出現在架上很有趣沒錯，這點是真的，可是除此之外，完全不會有任何立即的回饋和意見。

「此外，也不會有某個特定又壓倒性的覺悟時刻，讓你發覺你的書沒救了。只會有上千次小小的失望沮喪，隨著時間經過一個疊著一個，當你把你的銷售數字和其他作家比較時，當你每次順路去附近的書店確認，卻不斷看見同一批沒人買的簽名版好端端擺在書架上。接著就是徹頭徹尾又無法捉摸的無聲靜默，只有越發嚴重的恐懼和失落感，直到一切苦澀到再也無法承受，直到你開始覺得自己實在有夠蠢，竟然相信自己有辦法當個作家。」

這時候，我們就想回到文學獎的懷抱裡，至少這裡還有金錢、榮譽與人脈，有溫暖的池塘和慈祥的長輩。但是試用期已經結束，新手村大門再也不會打開，朱宥勳描繪了台灣文學獎的潛規則：「文學獎會鄙視投稿文學獎的成名作家，所以基本上都是新人在競爭。」這曾經是上游保障，如今出了新手村而後路已斷，接下來的曠野之息才是真正考驗。

很少有像作家這樣幾乎完全脫離師徒制的匠藝了，就算激進如布魯姆，也只能說新人模仿前人，而不是繼承或鞏固之類的詞。而大學的創作課程或其他單位的寫作課也好，學徒一旦出書，與老師之間的關係也會鬆脫重組。新手村的保護壁壘由此解除，我們是同行了，寫作之路從這裡無限地延展。要成為快樂的少數人實在差得太遠，為了快樂，我總會拿起一本《巴黎評論》，像占卜那樣抽選一位作家，將其當成急救包、濃縮咖啡、乾糧、砍刀、望遠鏡、打火機、避難所與地圖。我們拿著積累下來的電路，嘗試從零開始建立大廈。

但文學獎始終是一個制度，有制度就必然會有修止空間，何況它擁有一代接一代的人口與資源。經濟學家道格拉斯・諾思（Douglass North）提醒我們，無論是多爛多故障的制度也好，歷史告訴了我們，人們為了脫離無政府或失序的局面，會靠向任何制度。何況文學獎制度其實相當健全，它是一座多線共構的月台，五十年以來暢通無阻。所謂好玩的事，都從這裡出發了。

不過，我們真正的問題其實不只是文學獎，如今我們即將走近這台名為散文的機器引擎面前，詢問這條路線究竟前往何方。朱宥勳的疑問，是短篇小說獎得主難以駕馭長篇小說，這也許是因為「正統文學史」的光暈——文學史，大部分而言，就是小說史。然而散文對應的長篇文類是甚麼？是畢業論文，還是哲學論著？還是人物傳記，又或文學批評？當我們回想起劉軍說的，沒有人用一整本書來寫散文，這個問題加建起來的二號月台，就是有沒有以一整本書的規模來想像的散文集？還是這個文類從先天上就比其他文類更為困難，它的名字裡本身就有一個散字，如果用一整本書的規模來想像，就不怎麼散了，是這樣嗎？

散文獎形塑了規模是一回事，但散文獎施於散文的壓力遠遠不只是規模。在此以外的，是散文就像一場隆冬後溫暖地栽在圍欄裡的小花園，翠綠，生氣盎然，幾乎毫無野性。甚至招來了黃錦樹的形容：「抒情散文本性安分，它的力量往往來自這份安分。」問題同樣來自這份安分，它從何而來？接下來我們即將穿過長長的隧道，回到中文現代散文的初生時刻。這樣說可能有點奇怪，但我確實覺得去摸索這個源頭是很有趣的事，畢竟將東西拆下來清洗整理消毒擦拭再逐一放回去，不就是假期的最佳娛樂嗎？

05

秋冬的時候我的娛樂通常是散步，將腦袋放得近乎全空，從此只有眼前路，不觀察，不思考，將自己淡忘在持續的動態之中，不去想甚麼一代一代人追逐名聲，不去想甚麼眾人在乎的就是不在乎，不去想甚麼巨大的失落和上千次小小的失望沮喪，不去想我三十歲了，窮得賽過老鼠，拿夏天積蓄的錢維持生活。雖說不太花錢，可是一過秋天，積蓄越來越少了。也許這就是驅動我下樓散步的原因吧，這時我總假裝自己是個巴黎的城市漫遊者。散步是一種對靜態的拒絕，當然，也是寫不出稿時一個絕佳的逃避，它的名義是「為了健康」。至於散步，我的書櫃裡散落了三個關於散步的段落，如果是台灣的散文獎，會鼓勵哪一篇得獎應該呼之欲出了：

一

「所有的散步都會把腳散掉。」年輕時寫下的一行句子。像卦一樣。雙腳的螺絲喀啦喀啦鬆脫的時候，也總想起這樣的一雙腳，畢竟拖七帶四地跟了上來。我有好久的時間不知疲倦是甚麼，也有好久的時間沒有擁有過眺望某物的激情。生活像水。我日夜紡織的時間，一匹一匹，河流般蔓延向他方。

而生活總是在他方。四野八荒。我要河流般地流溢向何方？我是生活嗎？還是我只是生活的一個意志？我以為我已經到了遙遠的彼方。

二　面對稿紙時，每十到二十分就得穿插些雜事，例如抽煙、喝茶或是上小號。不這樣稍事休息，轉換心情，便無法專心思考。偶然在某處陷入停頓時，便頻繁地或站或坐，或喝茶或抽煙。試著抽根煙，再盯著稿紙五到十分鐘，還想不出來就再喝點茶、或盯著稿紙看。要是抽煙喝茶都沒用，改去上個小號，順道去院子裡散步回來盯著原稿瞧。情況嚴重時，還感覺稿紙在排斥我，於是嘆著氣躺下來，凝視天花板三十分鐘或一小時。

三　在推廣散步背後，有這樣的意念：當我們懂得系統性地觀察周遭的一切，就能帶來無窮的樂趣，在一定程度上甚至是一種知性的樂趣。就像我們懂得賞析電影時，除了好看與不好看，喜歡與不喜歡以外，也能從場面調度、剪接、演技、攝影、劇本等不同類別切入。以下介紹的六種觀看城市的類別，就如觀看電影時的切入角度，各有趣味和值得深入欣賞的方法。解讀這六種觀看城市的方法的趣味，是關乎以感官為首的美麗、關乎發現隱藏和錯過的東西、關乎體會與群眾的交流對話、關乎意外出現的幽默等……這跟觀看其他藝術品不一樣，城市中的事物和狀態，不是由個人和團隊決定的，更多時是無數人和力量共同造就的結果，往往出現意料之外，而且持續改變。可以說，城市是複雜變幻的「文本」。

決定好了嗎？我們再考慮一個分段的時間。

結果應該是毋庸置疑的了，那肯定會是第一篇得第一，第二篇還算有點個人化，第三篇幾乎就被排除在散文獎的體制以外。它寫得不好嗎？絕對不是，但它並不是散文獎所獎勵的東西，以我出版社編輯的書單來說，這應該算是其他文類。這三篇依序分別是言叔夏的〈散步〉、谷崎潤一郎的〈我的貧窮故事〉和黃宇軒的《城市散步學》。我們不會說這三位作家有哪位寫得比哪位好，因為歸根究柢，那是根本不一樣的範疇，甚至有不一樣的**規模**。再次重申一點：文學獎所鼓勵的贏家，是因為它符合遊戲規則，並不是甚麼客觀真理。

〈散步〉收錄在言叔夏的《白馬走過天亮》，黃錦樹在為她撰寫推薦序時，提到這是一本相當標準的現代散文。意思是，它很痛，痛得總在他方，四野八荒。黃錦樹沿著散文集推導出抒情散文的本質：它其實非常孤單，作者被迫直面生命經驗，被逼面對個人經驗的單薄貧瘠。從這裡開始，黃錦樹殘忍地撕開了散文的一個面向：「對書寫者來說，縱使不幸也是一種贈予——只要他沒被擊倒，就可以反向吸收、轉化它。」抒情散文就是利用情感作為工具與槓桿，來拆開和撬起這個混帳世界的一次**嘗試**：「我們的被拋狀態無法選擇，但可以選擇與它搏鬥的方式。」

《白馬走過天亮》相當標準，以上的段落自然而然可以在三篇文章裡最能獲得散文獎評審的青睞，我相信沒有任何人能提出合理的異議，如果痛作為抒情散文的評分標準，谷崎潤一郎拖稿還算有點心痛，黃宇軒散步絕對不會腳痛。而這裡就是疑點所在了，因為這個標準其實並不合理。也許這些規則都來自一場奇怪接駁的巨大慣習，傳統的散文觀念無意識地用一百個方法連上一千個地方。黃錦樹的論著《論嘗試文》其中一條主軸，就是想拆解並清理這個現象：「白話散文被視為一個獨立的現代文學種類，本身就是件怪事；文學獎把散文限縮在以情感為本真性為其價值的抒情散文，又是另一件怪事。」

就連在言叔夏《白馬走過天亮》的推薦序裡，黃錦樹也是忍不住，飛來一筆硬要討論文學獎。在人家第一本書的推薦序裡，還是寫了一大段來痛扁散文獎，我們不免好奇有甚麼深仇大恨：

和一般人的認知也許恰好相反，散文（這裡嚴格限定為抒情散文）在現代文學系統裡，可能恰恰是一種**最不自由的文類**。散文的寫作者很快就會意識到，它其實嚴格的被限定在一個有限的範圍內。它不像小說有虛構的自由，也不如現代詩有相似於小說的自由——藉由虛擬的核心、虛擬的情境，次第的展開詞語之花。

位置介於小說和詩之間，因著它嚴格的有限性，它之被獨立對待，從文學系統的角度來看是非常勉強的。大部分寫作者也近乎默契的默默遵守著這限定，少數逾矩者都會付出相當嚴重的代價。如果是文學獎的場合，那甚至是個**準法律問題**（「詐欺取財，不當得利」），而**不只是個道德問題**（欺騙）。

甚麼法律，怎樣道德？不過當我們看到文章的下款日期大概就心中瞭然了：原來是二〇一一年。那是台灣文學散文界風起雲湧的幾個月，涉及一場名為「神話不再」的風波。如果真的要說的話，這事件自二〇一〇年開始醞釀，其後席捲文學界，餘波直到最近仍然會有人提起——因為災情過後根本沒人救災——它幾乎成了散文獎的一件懸案，一個沒有效力的慣見案例，一段提及就會讓制度與文體隱隱作痛的歷史。

《論嘗試文》裡有篇寫於二〇一六年的〈文學獎與毒藥〉，簡短地歸納了這次事件：鍾怡雯在二〇一二年發表了〈神話不再〉一文，提到兩年前擔任文學獎決審時，覺得有兩篇作品有虛構之嫌。主辦單位乾脆打電話去問作者，那位坦承虛構的落選了，而那位說「是」的則獨得大獎。〈神話不再〉的語調是，某君以說謊而得獎，並檢討了文學獎制度，也就是前文提及的「台灣的文學獎實在太多了，多到氾濫。地方性、財團法人、宗教或者甚麼性質令人眼花撩亂，名堂記不起來的文學獎」。那麼多獎，怎麼有辦法去把關？誰來負責處理這些時間交易成本？

在〈神話不再〉事件後，散文獎的虛構問題徹底地浮上了水面，先前提到朱宥勳歸納的文學獎三大準則：匿名、字數限制與未曾發表，而匿名這一項與抒情散文將近完全衝突：如果說，散文是一個人的自傳，抒情散文又強化了作者對於傷逝與困惑的面向，作者把文字砸到你的臉上，呼嘯咆哮著這片泥濘就是我的生活，他從滔天巨浪裡逆水行舟，搶救回來的就是這個形狀，那麼我們應該如何在不知道作者是誰的狀態下，判斷他的真誠與否？他真的有進去過那場滔天巨浪嗎？不知道作者是誰的自傳，我們如何知道它寫得好不好，他的世系、性格、嗜好、思想、信仰、生活習慣怎樣保證不是無中生有？

我們現在碰上的是制度矛盾：一方面是為保獎項的公平公正而必須匿名，另一方面是這個文類所獎勵的文學技巧，是作者「反向吸收、轉化不幸」，是作者「在現代重荷下的一種**喊痛**」，是朱宥勳所形容的：由於評審不知道你是誰，也不知道你有甚麼思想脈絡，文學獎就唯有只比技術。這種技術在這裡被反向利用了。黃錦樹直斥這個狀況的普遍性：「且不說前不久的〈神話不再〉事件。多年前有位小說寫手也常冒充弱勢族群的口吻，以抒情散文去漁獵各文學大獎。時而是盲聾，時而是肢殘，時而是智障，令老實的評審讀了一把鼻涕一把眼淚，頒獎時卻當場傻眼。只見來人耳聰目明，健步如飛，衝上頒獎台，且聲如洪鐘，妙語如珠。本以為是家屬代為領獎，不料真是的本尊大人。」

在〈神話不再〉以後，黃錦樹講過一些氣話，比如說要取消散文獎，另立山寨散文獎來讓孝女白琴們來專業哭爸（頗有選秀比賽其實是選背景故事之感）；鍾怡雯也寫道，文學獎多到可以產生專業參賽者，或者所謂收割部隊，背後太多跟寫作無關的政治或商業思考。結果神話已經不再／不在十年了，散文獎依然如此大開方便之門，二〇二三年的林榮三散文獎上，仍然是一篇疑似虛構的散文得了首獎。網絡社群一度輿論譁然，但這或多或少只不過是「神話不再」的變奏而已，只不過是沒有防堵的制度漏洞再次浮面。更不用說各大散文獎依然存在著專業投獎戶，那出現頻率之高讓我真心反省自己作為一個強調遊戲規則的人，玩遊戲的技術甚至不到他們的十分之一。

所以問題究竟是甚麼？文學獎作為一個新手村，一個分配機制，一場上游的遊戲，虛構的散文究竟違反了甚麼潛規則？詳細一點來說，為甚麼潛規則與潛意識地我們都認為〈散步〉在散文獎的擂台上優於〈我的貧窮故事〉和《城市散步學》？在這裡我們必須暫時伸手按停時間，隨著《論嘗試文》倒帶到百多年前，眺望現代散文的初生時刻。

06

許多年後，當我們將散文和散文獎綁在一起討論時，會記得中文站上現代世界十字路口的遙遠午後。現代世界在封建的帝國國土上奔流，那個世界是如此嶄新，許多東西都還沒有命名，想要述說時還得用手去指。

清末民初的中國在我們的歷史書上，一般稱為內憂外患。古老帝國的解體，西方現代性的挑戰，官員文人最浩大的現代工程之一就是要去改革那已沿用上千年的舊有書寫系統。白話文運動首先革除的，就是古典詩語言，黃錦樹不無詩意地形容這場文學革命為「在象徵上割除了詩王國的天子之位。強迫進入現代。文類體制的全面現代化。一種新型態的**詩亡**」。

從這裡開始，黃錦樹的《論嘗試文》開始了一共三個階段的論述，從現代散文的誕生時刻一路講到它在戰後抵達台灣，再看見散文獎固化了這個文類的發展。

在最初的最初，要將古文系統改革為白話文簡直是一場起源神話了，基於國之將亡，文體最好要有「用」。如今社群媒體上每隔幾個月就會有人問文學有甚麼用，那麼我們來看看當初的文人們怎麼用文學吧。梁啟超在一九〇二年寫的〈論小說與群治之關係〉，小說是用來治國的：「故欲新道德，必新小說，欲新宗教，必新小說；欲新政治，必新小說；欲新風俗，必新小說；欲新學藝，必新小說；乃至欲新人心，欲新人格，必新小說。何以故？小說有不可思議之力支配人道故。」寫詩的也在力求改革，在革除古典詩時，現代詩也有聞一多的新詩三美，徐志摩的浪漫主義諸如此類，大家都忙，國家不幸詩家豈有完卵。在那時期，文學有作為民族自傳的說法，要肩負起教化群眾的任務，而伊格頓（Terry Eagleton）也告訴我們，文學具備控制與整合勞動階級的作用，在這時候，白話文的功用就相當明確了。

不過，如果說文學獎御三家裡，小說和詩從清末民初就改革得激烈，散文的取態卻是相當曖昧。「散文作為文學體裁，總有幾分可疑。」黃錦樹這樣寫道：「它的技術要求相對最低，它是所有其他文類的入門款功夫。」散文與其說是一種獨立的文類，不如說是除詩歌、小說、戲劇以外無限寬闊因而難以定義的文學領域，黃錦樹將散文稱為**文之餘**。換言之，散文在文學場域裡站在正當性成疑，而且名望也較弱的位置，所謂好玩的事，沒幾個能輪到它。

其實也不是沒人在改革散文，至少就有周作人、郁達夫、魯迅。在一九二〇年代末，周作人與郁達夫為《中國新文學大系》的散文一集與散文二集作序，這套作品總結了新文學第一個十年的成果。這裡有三條最主要的路線，郁達夫指出散文要有「個人自傳」的特色，這接駁了五四的啟蒙精神；周作人認為散文要有大閒適與小閒適，而魯迅的散文則作為匕首與投槍。後兩者也許水火不容，不過郁達夫的觀點才是流傳至今的基底——散文是我的，散文是真的。「從前的人，是為君而存在，為道而存在，為父母而存在，現在的人才曉得為自我而存在了。我若無何有乎君，道之不適於我者還算甚麼道，父母是我的父母；若沒有我，則社會、國家、宗族等哪裡會有？以這一種覺醒的思想為中心，更以打破了械梏之後的文字為體用，現在的散文，就滋長起來了。」共享著相同精神，周作人也曾作出豪語：「我希望大家捲土重來，給新文學開闢出一塊新的土地來，豈不好麼？」

不過現代的火車開得飛快，這時已經進入一九三〇年代了。在林語堂講「十四年來中國現代文學唯一之成功，小品文之成功也」時，是一九三四年；葉聖陶講「把散文這東西也看作文學，大家分一部分心力來對著它，還是較近的事情」時，是一九三五年；而郁達夫要在散文裡找到作家的世系性格嗜好思想信仰，也是一九三五年。兩年之後，中國抗日戰爭就爆發了，再過幾年國共內戰，然後國民黨遷台。散甚麼文理甚麼論，國都散了。

於是我們來到了第二階段，黃錦樹感興趣的，是散文在淩亂的創始狀態一路沒有辦法達成共識，來到台灣後轉生為抒情散文的契機。他首先引用的是余光中，在一九六三年〈剪掉散文的辮子〉裡，他清算了五四以來各種散文，並提出了「講究速度、彈性、與密度」的現代散文。彈性強調了散文作為文類基底的特性，要兼容包融各類文體與語氣；密度則是不要灌水，在一定篇幅裡滿足讀者的美感需求；質料指的是詞語的品質，「對於文字特別敏感的作家，必然有他自己專用的字彙；他的衣服是訂做的，不是現成的」。

以上歸根究柢，余光中強調的是一種詩的語言，一種西方現代主義系譜裡的散文詩。簡而言之，散文如果要寫得好，最好要寫得像散文詩。因為「只是現代詩和現代小說的一個么妹，但是一心一意要學兩個姊姊。專寫現代散文的作者還很少，成就自然還不夠，可是在兩位姊姊的誘導之下，她會漸漸成熟起來的」。我不懂詩，也沒有姊姊妹妹，在這裡沒有辦法。反正余光中也講「詩像女人，美麗，矛盾，而不可解」。既然他一口咬定不可解，我們也不好替他強作解人。

所以樊善標在論著《真亦幻》裡就寫道，余光中的這一論述是有代價的：詩和散文陷入了高低位階對立之中，散文必須要向詩學習，才能向所謂的現代邁進，不再「輕飄飄、軟綿綿」和「平庸乏味」。而黃錦樹也語帶譏諷地寫道：白話詩和白話小說一旦寫壞了，往往就「像散文」，意思是欠缺自身文類的形式感。但是如果散文寫壞了呢？就只能是壞散文——不會是爛詩或爛小說。因此，從邏輯上來看，壞散文應該是現代文學系統裡數量最驚人的生產。

樊善標在歸納余光中的文論時，就認為如果散文只能以抒情為重心，而且所抒的還必須是崇高悲壯的情，這毋寧是以一種強大但單一的聲音壓倒其他所有東西，儼如一個超人在萬馬齊瘖中獨白。只不過，就算後來余光中對抒情有所反思，也並不反映時代變遷會按他的喜好而去。黃錦樹將國民黨遷台後的抒情傳統，一舉延伸到古代中國的時間尺度上去：就算白話文學革命後詩亡了，那些失去既有形式的詩，**魂**還是散入到小說和散文裡去。但是在那過程中，某些**根本的事物**卻被保留了下來。不論是散文化的抒情小說、感傷的抒情散文、散文化的抒情詩——即使文的形式渙散，「抒情」本身卻像老靈魂那樣，竟爾延續下來了。抒情主體即是它的內核。

在余光中的散文論述後的數年，時間進入了七〇年代，也是黃錦樹論述裡的第三階段。這段時間是朱宥勳定義為台灣文學獎建制化的濫觴時刻：人間副刊和聯合副報這兩大報副刊各自開辦了時報文學獎和聯合文學獎。它們確立了匿名、字數和原創三個原則，而文學獎體制也開枝散葉延伸到各個地區、各家學校、各種單位，「這種特殊形式的文學獎在一九八〇年代完全成熟」。以布赫迪厄的話來說，建立起一個巨大的遊戲，讓人潛心投入規則。

而民國散文的個人、閒適、匕首三本柱代代傳承，還有抒情的老靈魂延續下來後，接駁的是現代的市場體系。黃錦樹形容，現代生活裡的散文本來就很容易走向小品文或美文，幾乎已經是散文的天然屬性了。因為這些散文符合都市中產階級的審美需求，符合市場需要，溫馴委婉，也很容易被教學體制吸收消化，並再生產。這些散文雖然繼承了清末民初文人對散文的想像，也與余光中的散文觀有直接的血緣關係：「只不過此刻是商品性和美學自主性的共謀。它有市場，不論是文學獎還是更為日常的副刊雜誌上的計酬版面，恰恰重演了十九世紀巴黎都市的一種『無關痛癢是其根本』的小品文。」

從曖昧不明的狀態開始，再加上與其他文類陷入高低位階的現代散文，尤其是抒情散文，在此刻也隨著文學獎與市場而建制化一路至今。說起來，我們距離七〇年代已經過去五十年了，又或說，現代散文才不過誕生不到一百五十年，時間感總是錯落誤置得令人困惑。說起來，我太祖那一代才在經歷〈論小說與群治的關係〉，祖父那一輩在經歷〈剪掉散文的辮子〉，父親那一代身處文學獎的完全成熟時期，青春期時余光中大駕光臨香港中文大學，他們完全平行於這些事件，其後把我生出來，還靠著抒情散文第一次爬進文學界的新手村。說到底，我也只不過是二〇一五年在浸會大學圖書館偶然地在書架上心電感應般拿下一本《白馬走過天亮》，才點燃了對於散文的興趣，隔年模仿著書裡的聲腔拿了第一座文學獎。那時我連寫序的黃錦樹是誰和內容到底在寫甚麼都看不懂，轉眼已經十年，言叔夏還當了我的碩士畢業口試委員。後來讀到她在編九歌散文選時寫「如同年輕時在一座無人圖書館的書架深處遊蕩，一本書有一本書被遇見的方法；你不必通過我，你一定也會遇見它」，真的是莫名其妙的人生與世界，我深深相信時間應該不只是一條直線。

07

現在我們成功將手上的散文拆開了（至少我還是覺得很好玩啦），它一共有三個組件：從民國繼承而來的散文觀，抒情面向與散文詩的特質，還有市場與文學獎的建制化。這三者共同形塑了如今散文的模樣，也為我們解釋了為甚麼會隱隱然認為〈散步〉比起〈我的貧窮故事〉和《城市散步學》更適合散文獎的遊戲規則，因為它是最「散文」的。

黃錦樹在《論嘗試文》裡嘗試將三者的時間線連結起來，更上溯到中國的抒情傳統：「『抒情傳統』論基本上是一種危機論述，或者抒情一點的說，它其實是擁有豐富文學傳統的中國文化在現代重荷下的一種**喊痛**的方式，也是中國現代性的一種癥候形式。」如此一來，我們終於知道為甚麼黃錦樹這麼執著一直要讓抒情散文回到白話文的革命時刻了，因為除了現代散文，就連整個文化和政權都在那個關鍵時刻解體重組，此起彼落，送舊迎新，一種念天地之悠悠，獨愴然而涕下。

於是最終極的抒情，讓我們抵達了兩千年前，抒情傳統的第一位詩人屈原：「我們別忘了抒情傳統論是帝國解體的效應之一，有著離散的根性——第一個詩人同時是士大夫的楷模、士不遇的原型。」古老的抒情源遠流長地接上了現代的散文，文類的界線雖然曖昧不明，但痛楚與無助卻遺留下來了，更經歷了散文獎的建制化，成為一種被鼓勵的意識形態。一個文學獎所鞏固的東西是痛覺，有點精神分析的昇華意味在了。將痛楚轉譯進語言的秩序裡，一旦敘事成功，就算是消除了一點點的痛苦：「如果將魯迅的《朝花夕拾》視為一個領域，那就相當準確地命名了抒情散文——時間流逝中的失去與重返、撿拾生命的剩餘，這往往是它之所以動人處，甚至可以說是它的存在價值。」

唐捐不太同意黃錦樹的看法，在黃錦樹刊登了回應〈神話不再〉事件的〈文心凋零〉後，唐捐也發表了一篇〈他辨體，我破體〉，指出將抒情散文聯繫到漢語傳統抒情詩是頗為可疑的。因為抒情比較像是文章的動機與風格，但是散文在外在形式上更接近白話小說，藉由描寫與敘事共同建構起來。在這裡，更有趣的應該是研究這些情感如何被抒發，如何用文字將思緒巧妙地從大腦裡垂釣勾引出來。

而唐捐真正想要回應的，是黃錦樹從散文獎裡建立出來的觀點，當他指出現代散文正在有默契大規模地執行潛規則，需要由作者本人的經驗與本真性來支撐時，唐捐決定用他的咒語來對付他。同樣回到漢語抒情詩傳統，他指出從《詩經》開始的作家已經有代言與擬作的傳統，詩裡的敘事者我不全然等於作者我。詩人能夠跳脫或擴展有限的自我，潛入他人的心思與情境。就連西方傳統也是如此，面具與真實之間的反覆辯證構成了文學的有趣之處。

於是雙方就此休戰，因為目前討論的都是散文，但真正出事的地方是散文獎，就像在森林火災現場拉張椅子討論全球暖化一樣治本不治標。散文獎的問題未必來源於文心凋零，更沒有甚麼神話，唐捐帶領我們回到九〇年代的散文獎現場，文風早就已經敗壞了，當時的參賽者們直接把小說（或者暫時文類不明，或者不在乎文類界限）投到散文獎，得獎後再放回自己的小說集。掙錢嘛，生意，不寒磣。

而黃錦樹則擱下一段氣話結束這個回合：「說穿了，學界、評論界、出版界、寫作界這整體的文學體制都有責任，都是共犯結構。」「有人說文學獎是今之舉業。這只說對了一小部分。今之舉業的核心，可是學院論文啊。自從文學評論被學術體制剔除後（因為文學刊物的文章不符『需送兩位外審匿名審查』，也不遵守嚴格的『學術格式』，沒有密密麻麻的註解，詳細的參考書目，中英文摘要關鍵詞，足夠多的學術廢話，不能計分），誰還願意為這種事情費心？」這也是劉軍的話，散文研究變成了一種單線條的、接著說的、學科生產的東西，亦是諾思在《文學批評》的形容，學者勝過批判家後，文學成為一種學院生產，失去了文化介入的機會。

匡靈秀《黃色臉孔》和鍾怡雯〈神話不再〉提醒了我們，文學獎是雙向奔赴的結構：參賽者在一群投票者中贏得了人氣獎，獲得了晉身文壇的通行證；而評審希望能挖得到寶，不論是寶石或璞玉，並藉此證明自己與社會議題有所連結。換言之，我們可以視文學獎為一個雙方都希望能夠極大化得益的制度，參賽者可以藉此獲得各項資源，而評審也因而獲得榮譽，在這次交易過程裡，雙方同時也鞏固了制度，文學獎也一屆接一屆，一方傳一方地舉辦下去。

弔詭的是，當我們一路沿著黃錦樹清理抒情散文的歷史脈絡時，火車的終點站居然停在了市場自由主義，這使我們像是在五光十色充滿早期現代氣息的京都嵐山小火車觀光過後，卻發現自己居然在一個無人車站下車般滿頭問號與蚊子。抒情散文的大行其道在黃錦樹眼裡，是市場產物：「它受當代以市場自由主義為原則的文學體制的保護。有人寫，有人愛讀，有人出版，也不乏有文學獎評審支持。也因此，它更需要批判的清理。」

文學獎的制度偏向寬鬆放任，它的首要任務其實是保障參賽者的推陳出新，布魯姆在《影響的焦慮》裡說的一代一代的追逐名聲者不斷地將別人踩翻在地，我們可以理解為文學獎階級流動的暴力比喻。而黃錦樹提出的解法，是散文作者需要保持一顆黃金之心：「抒情散文以經驗及情感的本真性作為價值支撐，文類的界限就是為了守護它。讀抒情散文不就是為了看到那一絲純真之心、真摯的情感、真誠的抒情自我，它和世界的磨擦或和解。這興許是中國抒情詩遺留下來的基本教養吧，那古老的**文心**。**黃金之心**。」

08

黃金之心是個神祕的概念，因為這概念，黃錦樹讓不少文學研究生感到困惑：試想有一天，一切抒情散文都將以古老的文心來檢驗真摯，究竟這個概念想說些甚麼？

其實黃金之心非常有趣，它是一個道德律令，專門用來限制抒情散文不能虛構，作者我與敘事者我必須統一成同一個人，否則那就是造假，應該去隔壁參加小說組。對於這點，唐捐和黃錦樹沒有達成共識，但我們的重點完全不是這個。實際上在文學獎的應用層面上，黃金之心的用處是這樣的：當散文參賽者面對制度漏洞，甚至可以大力壓低成本（訴諸虛構）

來提高利益（主要是經濟資本）時，眼前的統治者用來防堵投機行為的，是來自傳統中國抒情傳統的道德要求，又或說，一種文學的潛規則。這個時常出包的倫理規範，就是黃金之心。

請勿把我的意思曲解為嘲弄黃錦樹，相反，這其實是一個有效的機制。當統治者（也就是文學獎評審）與被統治者（參賽者）在想要極大化自身利益，卻出現可以鑽空的漏洞時，道德就成為了一種解決方案。統治者最想建立的模型就是將被統治者的利益併吞到自己的利益裡，然而，一個制度需要大量的執行與交易成本，比如立法需要成本，檢驗也需要成本，處罰和商討也需要成本。在執行這些制度時，被統治者基於自己的個人利益——古典經濟學稱為貪婪——肯定會有人想鑽空營利。這也是為何黃錦樹在討論市場自由主義時，形容利用制度漏洞的參賽者是違反社會信任的，是一群投機分子。

道格拉斯．諾思在《經濟史的結構與變遷》裡提出了很有意思的一點，那就是如果統治者無法與被統治者達到共同利益最大化，又想要壓低法例的執行成本時，通常祭出的方法就是**意識形態**，可以是宗教，也可以是倫理規範。當被統治者相信並按照這套行為規範行事時，統治者就可以減少追蹤與懲罰違紀者的成本。所以，黃金之心說穿了，是一套黃錦樹提出的散文獎的管治道德，用以減輕評審團隊的執行成本。其實我們大可以暴力地替換這個術語，讓它更好地被理解，讓我們祭出亞當．斯密（Adam Smith）作為換取的孩子，這個術語叫做**無形之手**。

當黃錦樹從散文批判到市場自由主義時，針對的大概是傅利曼（Milton Friedman）眼中的自由市場：經濟活動裡沒有任何政府活動，沒有法律去干涉人們追求幸福。黃錦樹所形容的一種文學場域，是不受宗教、政治和法律干擾的，如若一種戰後英美新自由主義者的經濟幻夢。不過在自由主義的高祖父斯密眼裡，所謂的自由其實是一種道德哲學，而他眼中的商人非常自私。就算有某個商人做了一件好事，那也是因為「有一隻無形之手推動了這個事件，而非出自商人的意圖」。

這隻無形之手就是社會，它拉著商人遠離本能的貪婪，用我們的語境來說，就是讓參賽者不在散文獎裡投機。在悲觀的斯密眼中，也許散文獎的參賽者也非常自私，就算有某個參賽者寫了一篇好文章，那也是因為有一顆黃金之心推動了這個事件，而非出自參賽者的意圖。無形之手是一種意識形態，來自貴族精英主義，一如黃金之心是一種意識形態，來自源遠流長的抒情傳統。它們把執行成本外包給了被統治者，這樣一來，至少文學獎不需要大刀闊斧地改革，又或像黃錦樹的氣話那樣，改辦成山寨散文獎又或直接取消。

唐捐也曾在回應黃錦樹時提議道，不如以一本書為單位去評選新人，但這也不了了之。首先書獎就喪失了提拔新人的原意，能出書的作家已經與嚴格意義上的新人有其差距；其次是辦給散文集的獎項成本太高，要評審讀完幾本抒情散文也真的不是容易的工作。但最主要是：每隔幾年出現一個投機分子的損害，也許比起改革一個五十年的建制來得輕微許多。

「當大集團被組織起來推動改變，卻又沒有為成員們帶來排他性的收益時，他們將會趨於不穩定而解體。」諾思這樣形容團體活動的趨勢，我們可以用黃錦樹回應散文獎的方法來理解：當他回到道德律令來嘗試規範散文獎時，唐捐出現並倡然論破；當他覺得孝女白琴大量出現而應該修例時，沒人真的修正過散文獎。因為利益集團並沒有真正受損，上游通道依然存在，體制依然可以鞏固利益持續流傳發展，大部分人可以繼續搭便車事不關己。重點是，改革的成本高於收益，這才是真正的市場自由主義，改革才真正需要黃金之心。

其實說真的，獎項的匿名與散文的真摯這個兩難，解決的方法顯而易見，甚至不是說頒獎後發現「來人耳聰目明健步如飛」的事後懲罰，只要提高門檻讓散文獎的參賽者提交複數散文就好了。複數品質檢驗可以一來讓造假的成本變高，又能讓評審更容易判斷參賽者是否山寨抒情。真摯並不是一種短期產出，不是為著得獎就能輕易製造出來的產品，它是長線的，一種品格，又或說，一顆黃金之心。不過這個方法顯汪地提高了執行成本，在無法利益極大化的狀況底下，意識形態會獎勵它嗎？說完這點以後，我也自絕在這個制度以外，幸好我本來就沒有黃金之心。這是我最後的波紋了。

「抒情散文的問題受到當代以市場自由主義為原則的文學體制的保

護，有人寫，有人愛讀，有人出版，也不乏有文學獎評審支持。」黃錦樹寫道：「因此，它更需要**批判的清理**。」這段話概括了黃錦樹在《論嘗試文》的散文獎作業，也是這本書到此為止在玩的遊戲，嘗試為黃金之心清理出一種制度化的理解。他說，這需要一些理論資源，需要一番艱難處理。說真的，需要的資源絕對不只理論，而是實實際際的，重劃疆土的政經資源。

傅柯（Michel Foucault）提醒我們，所謂的批判就是對於某個領域的關注，批判很想在這個領域維持治安，卻又無法在這裡發施號令。批判就是自願地不臣服，就是深思熟慮後不順從的藝術。為此，批判需要建立一套管理的準則。黃錦樹用以清理抒情散文獎的方法，就是黃金之心，用以在評審和參賽者都極人化自身利益之時，插入一組抒情傳統的道德規範，用來降低交易成本。

只不過如他所說的，散文獎所走的路是一種自由主義，一種寬鬆放任的路線。從十八世紀的法國經濟學家古爾奈提出「放任作為，放任通行」（Laissez faire, Laissez passer）以來，它成了自由主義的基礎模型，只不過，當批判進場後我們必須理解，純然的自由就等於沒有任何秩序。無政府主義只適合小國寡民，如《千高原》只適合技術精英，這都交給有夢想的人們吧。當散文獎需要批判的清理時，我們可以回到斯密的前輩，古典的市場思想家傑諾維齊（Antonio Genovesi）身上：雖然國家必須給予市場自由，但同時也要小心翼翼地扶植市場。舉例來說，政府必須修建道路，並保護道路不受盜匪侵擾。

以黃錦樹的話來說：文學獎必須建立規矩，以保護上游通道不受投機分子侵擾。不過老話一句，修橋補路無屍骸，殺人放火金腰帶，能上游就好了，批判清理完就告一段落吧，真的動員改革，我們還真沒有這個成本，就連提及都削弱自己的象徵資本。

千言萬語終歸這樣作結：散文獎是一個立意良善的結構，且在台灣還算順暢地運行了五十年，卻因為根本性的漏洞，成了一台卡通形象般的提款機。不過在並非那麼嚴格的論者眼中，這個並不一定是漏洞，可以是一種生機與槓桿，是好玩的事。無論如何，去修正這個漏洞的成本太高，而且散文本身也尚未被「批判的清理」，漏洞的損益也不算太高，那就放著不顧吧。另外一個保障散文獎不會時常收到造假稿件的原因，是由於文學獎就如同囚徒困境，重點並不只是在參賽期間的匿名狀態，而是得獎公布姓名後假如被揭發造假，是會影響作家職業生涯的。這才是真正的「放任作為，放任通行」的真理，高舉馬克思主義的文學教育走到最後居然迎上了傅利曼主義，不得不說是最大的諷刺。

讓我們回到唐捐的話吧，他在回應黃錦樹時幽幽地說出的這句話——「應可增加各式『非山寨散文』（比如隨筆）出線的機會」——究竟是甚麼意思？到底甚麼是「非抒情散文」的散文？在這裡，我們可以先輕輕放下台灣散文獎的建制，轉進我覺得更好玩的文類——Essay。

隨筆主義

09

一般而言，我們不會稱班雅明（Walter Benjamin）、桑塔格（Susan Sontag）與巴特的文章為散文，對於散文的藩籬，中文世界自有一套劃界準則，如若牽一條警戒線將花園圈起來。這解釋了為何我第一次在菲茨卡拉多出版社的網站上看到亞歷塞維奇（Svetlana Alexievich）的報導文學《二手時代》放在 Essay 一欄時，震驚得下巴都闔不起來。

Essay 這個詞當年越洋過海來到中文時，碼頭與機場都還沒蓋好，世界是如此嶄新，許多東西都還沒有命名，想要述說時還得用手去指。轉眼間百年已過，颱風來了又去，政權組了又散，而 Essay 都還沒辦好入境手續。它最常走的通道名為**隨筆**，但它不是一個定論，隨時可以受到推翻重組。不過要推翻一個約定俗成的東西是很費勁的，如若文學獎那樣，要關閉一個運作無礙的碼頭然後將硬件搬到另一個地方去重新開張相當不划算。除了隨筆以外，還有像是黃錦樹的**嘗試文**，更在有些時候會被直接譯作**散文**——波拉尼奧《地球上最後的夜晚》那個想用文學獎換錢的傢伙，在參賽之前像我們　樣先分析了一下徵文比賽的規則：

獎分三種：詩歌、短篇小說和**散文**。起初本打算參加詩歌比賽，可是把好的東西送出去跟野蠻人或者陰險的人角逐，我覺得有失身分。後來，我想參加散文賽，但我收到比賽規則時，發現文章必須談到阿爾科伊（Alcoy，西班牙東部城市）、周圍環境、歷史、名人、對未來的展望。這超出了我的掌握範圍。

散文在波拉尼奧的原文裡是 Ensayo，也就是西班牙語的 Essay。我們可以輕易地看到一個落差：如果沒有特別指明它的特徵時，中文可以用散文來解釋 Essay。但散文一詞的陰影擴張得太遠了，像是桑塔格的名篇〈詩人的散文〉（A poet's prose）或阿甘本（Giorgio Agamben）的論著《散文的理念》（Idea of prose），散文一詞模糊且大範圍地涵蓋了一系列西方文學詞彙。不過我們記得，中文散文在五十年孜孜不倦的養分灌溉後，茂盛地勃發成抒情散文的花園。它不可以直接反譯出去成 Essay 或 Prose，而應該要有一個更專門的指稱。但願不是 Shuqingsanwen。

而我們集中在 Essay 上面吧。黃錦樹的《論嘗試文》裡引用了學者張漢良的譯法，在揣摩西方馬克思主義學者盧卡奇（Lukács György）的文意後，將 Essay 譯為嘗試文。在盧卡奇寫下《心靈與形式》的一九一〇年代，西方進入了一個舊秩序快速移位的時期，大哲學體系瀕臨瓦解、上帝被放逐、宗教被除魅，戰爭、政變、殖民、革命此起彼落。隨筆作家嘗試書寫生命，嘗試為經驗找到一種安頓危機的形式，並詢問生命應該尋找何種形式的懷想與渴求。紛亂的時代作為文類背景，反襯出嘗試文的片斷性、過渡性、無定性。

在同一個年代裡，中國也陷入了瓦解與重組的狀態，起源神話般將舊有的文字重新鑄造出一套書寫系統。其中一個最困難的挑戰就是應對這個遠洋而來船堅炮利的 Essay 概念。學者王智明在研究台灣的外文系歷史時，描繪了一幅知識邊境的圖像，實踐除了要跟西方接軌以外，更要換軌落地在地文化脈絡。「從一端到另一端，理論在旅行時不會毫無變化，而是在不同脈絡的遭逢中，被接納、抗拒、挪用、轉化，乃至獲得新生。」而 Essay 該怎樣翻譯？魯迅在翻譯日本文學家廚川白村的文集《出了象牙之塔》時採用了最簡單直接的譯法——不翻譯。全文 Essay 一詞都留了下來：

有人譯Essay為「隨筆」，但也不對。德川時代的隨筆一流，大抵是博雅先生的札記，或者玄學家的研究斷片那樣的東西，不過現今的學徒所謂Arbeit（勞動）之小者罷了。

如果是冬天，便坐在暖爐旁邊的安樂椅子上，倘在夏天，便披浴衣，啜苦茗，隨隨便便，和好友任心閑話，**將這些話照樣地移在紙上的東西就是Essay**。興之所至，也說些以不至於頭痛為度的道理罷。也有冷嘲，也有警句罷，既有Humor（滑稽），也有Pathos（感憤）。所談的題目，天下國家的大事不待言，還有市井的瑣事，書籍的批評，相識者的消息，以及自己的過去的追懷，想到甚麼就縱談甚麼，而托於即興之筆者，是這一類的文章。

不翻譯算不算一種翻譯？不同流派的譯者可以在社群媒體上連續吵個三天三夜。但是如果我們回到魯迅翻譯《出了象牙之塔》的時代，就會知道不翻譯反而省得麻煩。在那段時日，林語堂和傅斯年首先都只引介Essay這個詞而不作翻譯，只是跟大家招手說一聲，看看人家西方在寫這個，不如跟進一下吧。結果大家開始跟進，說不定跟得太進了，光是隨便列舉，其後Essay的譯法就有：隨筆、小品文、絮語散文、絮語小文、美文、論文、論說文、試寫、散文，甚至是音譯的愛瑣文。

最後郁達夫兩手一攤：「這一種翻譯名義的苦心，都是白費的心思，中國所有的東西，又何必完全和西洋一樣？西洋獨有的氣質文化，又哪裡能完全翻譯到中國來？」兩手一攤算是違反了隨筆的嘗試精神嗎？我們其實也很難深究，因為之後就世界大戰了，中國所有的東西與中國也不一樣了，中國獨有的氣質文化，又哪裡能完全翻譯到中國來？過了幾十年，最後彷彿約定俗成地，我們選擇了隨筆這個詞，作為 Essay 最後落地中文時的依歸。

不只是隨筆，就連樹狀的上一層，散文都幾乎是鬆散的。我們看看魯迅的話：「但我想，散文的體裁，其實是大可以隨便的，有破綻也不妨。做作的寫信和日記，恐怕也還不免有破綻，而一有破綻，就破滅到不可收拾了。與其防破綻，不如忘破綻。」這不就是躺平嗎？大先生都這樣說了，那我也只好在沙發上攤平。劉軍還說散文理論的生發與倡導基本上都由作家來完成呢，賈平凹在一九九二年說「散文是大而化之的，散文是大可隨便的，散文就是一切的文章」。自由自在的後果就是這樣，無干預的自由主義就是甚麼都想拿。做人其實是大可以隨便的，有破綻也不妨，說得真好，幾乎就是我寫這本書時的座右銘。

10

來到台灣後，每個學期結束時交的那篇作業都稱為期末報告，但以往在香港時，教授都叫那份東西為 Essay。一個是屬性，一個是文類，在生活上常常會碰到這種微細的落差，不過也沒有關係，反正我都是低分飛過。

面前只有死線的苟且，沒有甚麼詩與遠方。保羅．策蘭（Paul Celan）說死亡是個大師，死線襲來時我抄襲一堆大師。

剛剛升上高中時，我的成績只能苟延殘存地在留級邊緣反覆橫跳，畢竟我十六歲才決定要發憤唸書考大學，此前不是在看漫畫就是在打電動。但那時碰上了一個狀況：我上課回答老師的提問時都還算順利，背資料和課文雖然痛苦，也不是撐不下去的事。只是我的考試成績永遠低分，真的是百思不得其解，難道是我的字跡醜到無法辨認？最後只好硬著頭皮跟父母說這樣不行了我想去報補習班，不然這樣搞下去別說大學，中五都撐不下去。

才剛去補習班一個禮拜我就知道來對地方了，補習班那位會在巴士廣告上穿西裝雙手抱胸露齒而笑的老師，用最暴力的方法拆解了所謂的答題技巧。簡單來講，考試的那份 Essay，是有公式的，假設題目是香港延續五十年不變的低能問題「中學生應否談戀愛」，如果我認為中學生應該談戀愛，這篇 Essay 的公式就是：

前言：把問題重新寫一次，我認為中學生應該談戀愛，然後將下面每段的論點寫一次，方便你的閱卷員知道你在幹嘛，給他偷懶的餘地。

第一段：反駁你的假想敵：「有些人認為，中學生不應該談戀愛，因為……」把他的意見講完後，把他猛噴一頓。

第二段：我認為中學生應該談戀愛，是因為甚麼鬼。有些人認為不對，是因為甚麼鬼。把他噴一頓。再講一次自己的看法。

第三段：同上。

結論：把前言再寫一次，方便你的閱卷員偷懶。

十分就寫三點，十二到十六分就寫四點，二十分寫五點。年代久遠，大概如此，這都已經是半輩子前的事了。而且這說得好像中學生應該談戀愛，就談得到戀愛一樣，真是想太多，明天準時起床背課文吧。自從上了補習班以後，我有三門課的成績從C跳到A，學校老師以為我嗑了甚麼禁藥，咖啡裡加了甚麼東西，沒有，我嗑的是方法學，框架與模型是所有研究者夢寐以求的可卡因，謝謝支持。

大概從那時開始，我開始揣摩到寫作是有模型的，是有公式與技術的，最重要的，有讀者要招待。雖然上述粗淺得幾乎愚蠢的工具，是為方便閱卷員開綠燈讓人上大學，只不過是一篇文章的外殼——寫得好的Essay沒有任何一篇會長這樣，如果蒙田（Michel de Montaigne）班雅明巴特桑塔格的Essay寫這樣，真不知道要給誰看，香港考評局吧——但是至少，我們可以看見一篇Essay的意圖：去論證，去講述，去說服，去分析，去把握。最重要的，去嘗試。

從考大學的隨筆到到文學隨筆，幾乎是一種技術上的脫胎換骨，從一個內容不怎麼重要的空殼，到詢問生命應該尋找何種形式的安頓。兩者的差異讓我們回到廚川白村，如果說 Essay 與其他文類有甚麼差異，他有一個直接簡明的回應：

在 Essay，比甚麼都緊要的要件，就是作者將**自己的個人底人格的色彩**，濃厚地表現出來。從那本質來說，是既非記述，也非說明，又不是議論，以報道為主眼的新聞記事，是應該非人格底，力避記者這人的個人底主觀底的調子的，Essay 卻正相反，乃是**將作者的自我極端地擴大了誇張了而寫出來的東西**，其興味全在於人格底調子。

真的要暴力地劃分考試隨筆與文學隨筆，那差異就在於個人的呈現上。用郁達夫的話來講，就是寫出世系、性格、嗜好、思想、信仰、生活習慣。從清末民初大幅擴散的個人概念，源遠流長地影響了我們閱讀散文時的觀感，所謂的真摯誠實，是因為我們在閱讀散文時，期待看到作者本人的色彩。我們想透過閱讀散文，認識這個人更多。

而這一切都能夠逆推回去一百年前，在那個世界大亂的二十世紀初，哲學與宗教，經濟與地域全部面臨瓦解時，人們開始詢問自己是誰，在哪，去哪裡。人們開始嘗試去解答自己是誰，在哪，去哪裡，更開始參考別人是誰，在哪，去哪裡。而隨筆是一種迎戰的方法，一種能夠面向考試與生活，甚至世界與時代，並且拆卸重建的技術。

11

蒙田被公認為隨筆的始祖，主要是因為他在十六世紀時寫下流傳後世的《隨筆集》（Essais），確立了這個文類的基礎。一五八〇年三月一日，蒙田在〈致讀者〉裡確切寫道：「我自己就是這本書的材料，你不應該把閒暇浪費在這樣一本毫無價值的書上。再見！蒙田。」這至少確立了兩回事，一，作者本人是隨筆的材料；二，這是四百五十年前的扔麥克風。實在太帥了，帥得這麼多年來，研究者就算想跟他講再見都辦不到。受害者之一廚川白村寫得相當不留情面，蒙田這傢伙「引用古典之多，至於可厭」，還有那影響後世的「不得要領的寫法」，光看文字就能想像他叼著煙十指插進頭髮裡的形象。當年還沒有 Google 翻譯和 ChatGPT 呢，連維基百科都只有它高祖父圖書館，真的是辛苦前輩了。

不過愛蒙田的研究者也是遍地開花，哲學家梅洛龐蒂（Maurice Merleau-Ponty）這樣歸納了蒙田的《隨筆集》：「自我意識是蒙田身上恆定不變的部分，是他衡量一切學說的尺度。可以說，他從未背離**面對自我時感到的那份驚奇**，自我構成了他的作品和他的哲理的全部內容。」至於社會學家桑內特（Richard Sennett）也在論著《合作》寫道：「**以尊重他人本性的方式，對他人感興趣，可能是蒙田的書寫中最激進的面向**。他活在階級制度森嚴的年代，階級的不平等似乎把封建領主與僕役分成了不同的物種，蒙田也沒有擺脫這種態度。儘管如此，他還是充滿好奇心。大家常說，蒙田是最早沉溺於關注自我的作家之一。這是真的，但並不完整。他**認識自我的方法是比較與對比**。他在散文中一再提到他與他人的差異化互動與交流。他常為自己的與眾不同而感到高興，但也常像對待他的貓那樣，對於別人與自己的差異感到困惑。」有關桑內特討論的分工合作，我們等等在兩三萬字後再回來討論。

「我研究自己甚於研究其他科目，這是我的玄學，我的物理學。」—蒙田這樣形容：「我研究自己直到最深處，我知道甚麼屬於我，甚麼不屬於我。」—當郁達夫在歸納五四時，認為最重要的就是時人發現了自我，而散文也迸發出自傳的色彩，這樣的說法或多或少都繼承了一點蒙田。又或者說，散文和隨筆也肯定或濃或淡地繼承了蒙田的血緣，繼承了他的Essayer。

而無論是法語的 Essayer 也好，英語的 Essay 也好，西班牙語的Ensayo 也好，也能一路回溯到十二世紀去。評論家斯塔羅賓斯基（Jean Starobinski）在〈能定義隨筆嗎？〉（Can One Define the Essay?）一文裡，從詞源學著手追溯到拉丁語 Exagium，意思是天秤，這詞又源於Exagiare，意思是稱重。與這個詞相近的是 Examen，是指針或是天秤上的橫樑之意。因此，可以理解為**經過權衡的控制**。

換句話說，隨筆首先就是一種經過權衡和判斷的形式，而且是對外的。在最開始，隨筆並非對於自身、對於自身的力量或對於作者的測試。英國作家布萊恩・狄倫（Brian Dillon）在他的著作《隨筆主義》（Essayism，又或譯作嘗試主義）寫道：「**書寫隨筆，就是鑒定**（Essaying, that is to say, is assaying）」。歷經數百年後，我們看到蒙田用隨筆鑒定自己，其後又過了數百年，廚川白村用隨筆定義為將鑒定作者濃厚色彩的文類，黃錦樹將隨筆定義為鑒定生命的形式。

所以，其實就連蒙田本身也沒有跟隨詞源最初的意義，可想而知為甚麼 Essay 這個詞翻譯成中文會適應不良了。它的理論旅行遇上亂流，一落地就上吐下瀉。然而 Essay 的定義並不只有中文會碰上，就連狄倫也相當遲疑：「想像一種連名字都很難定義的寫作形式吧：一種努力，一次嘗試，一場試驗，無論是推測也好，犯險也罷，隨之而來的很可能還是失敗。但是想像一下它有可能從災難裡拯救出來的東西吧，以及它在形式、風格、質地上的成就，還有隨之而來的，思想上的成就。」狄倫所指的隨筆主義，就是描述作家在嘗試與放棄之間的角力，他提到了災難，讓我們可以接駁回黃錦樹的《論嘗試文》的現代末世景象。

因此，可想而知——使用我在高中補習班學到的，憑空虛構出假想敵的隨筆技術——會有論者利用黃錦樹的說法進行批評：散文是一種文之餘，它不可能建立體系，就算是從蒙田一路延伸下來四百五十年也好，它太散了，太隨意了，甚至可以說，為散文建立理論和談論它都註定是徒勞無功的。生甚麼命呢，哪有甚麼文類能寫好生命？而且難道小說和詩就不嘗試嗎？

「對於隨筆的慣見批評是，它是片段化和隨機的。」阿多諾（Theodor Adorno）在〈隨筆作為形式〉（The Essay as Form）的這段話可以用來回應以上質問：「這種批評假定了有一種整體性的存在，從而假定了主體與客體的同一性，並且暗示了人類可以控制整體。但是，隨筆的願望並不是從短暫裡尋找與過濾出永恆，相反，它更願意使短暫成為永恆。」

隨筆就是一連串的嘗試、權衡、控制、稱重、努力、試驗。隨筆就是將散落在各地的碎片組合為一篇文章。隨筆就是從災難裡拯救出自我，將自我提煉出思想，將思想賦形為文字。

12

阿多諾提醒了我們，相比起整體連貫的文類或思想來，隨筆更親緣於碎片：「隨筆並不追尋封閉的演繹或者歸納的結構，尤其是，它反抗自柏拉圖以降根深蒂固的教義，也就是短暫與轉瞬即逝的東西配不上哲學——這又是那種古老的，對於過渡性的不公正批評。」他嘗試在哲學層面上拆解隨筆與宏大哲學體系之間的關係，將隨筆定義為違反思想正統性的異端。

這讓我們有點棘手，因為如今對比起阿多諾的年代，正統性被撼動得搖搖欲墜。沒有明確的正統，又哪來甚麼異端？世界從史詩時代進入了黑格爾所形容的，碎片、偶然、有限的**散文時代**。然而碎片化又如何呢，有誰身上沒幾千塊碎片？問題應該是我們如何應用這些碎片，怎麼榨取，怎麼轉化，怎麼合併，怎麼轉售。這也是隨筆的核心問題。

羅蘭．巴特舉重若輕地敲開了隨筆的核心問題：「片段的作品可以看成是循環圓圈周圍的石塊，我將之堆砌成圓圈，我的小小世界都是一些碎片，那麼，它的核心部分是甚麼？」在《羅蘭巴特論羅蘭巴特》這部隨筆實驗裡，他如若蒙田那般將自己研究到了最深處，知道甚麼屬於他，甚麼不屬於他，知道甚麼能夠獲得他的偏愛，甚麼帶來厭煩。「他覺得他的偏愛（價值的選擇）是有生產性的，因為法語適巧可以提供給他同時相近又相異的成對的字，前者指涉他所喜歡的，後者指涉他所不喜歡的。」

巴特從語言出發，也就是從最細微的地方出發，來重組與生產出自己的偏愛，進一步建構片段式隨筆：「我的作業部分是細部相加，而不是從整體草圖；我對細節、片段，以及局部樣本一向就有偏好，我不擅於完成一種構圖：我不懂如何製造『大的塊面』。」片段、隨機、讓短暫事物成為永恆，巴特的書寫方法與阿多諾的隨筆哲學如出一轍。

在這裡我們要先暫停一下，回去清理一個我從香港唸中學時就經常聽到的概念：「形散而神不散」。這是我三不五時就會聽到的概念，雖然我沒有任何一位老師能成功讓我理解這究竟是甚麼玩意，而且乍聽之下，它跟巴特所講的「石塊與核心」類似。但實際上那是完全徹底相反的東西。

形散神不散由中國文學家肖雲儒在一九六一年提出：「所謂形散，指散文的運筆如風、不拘成法，尤貴清淡自然、平易近人；所謂神不散，指中心明確，緊湊集中。」其後這個觀點被寫進各種教材和理論著作當中，越過了整個文革和改革開放，依然穩固存在於我們的課本當中。我讀中學時每次看到它都一頭霧水，形甚麼形，神甚麼神，相較起來，補習班老師的隨筆方法學簡單直接得多。而且說真的，到現在我還不知道形和神究竟是甚麼意思，跟二元一次方程一樣剛畢業就被我拋諸腦後。

劉軍在《當代散文理論流變史稿》將這個概念徹底從根拔起，將形與神追溯到先秦的哲學思辨裡。兩千年來重神輕形、得意忘形、心齋坐忘等等概念一路從莊子傳到蘇軾，貫穿了中國美學史——看起來縱橫捭闔，但這其實一點都不重要，因為劉軍指出肖雲儒的形散神不散跟古典沒甚麼關係，那只不過是個散文理論而已，不必太跟莊子較真。

回到六〇年代的歷史現場，「形」指向散文的取材、結構、表現手法等外在因素；「神」指向中心思想或主題思想。換言之，取材結構表現手法可以散，中心思想和主題思想不能散。這個歸納跟我在中學唸書時的記憶差不多，尤其是要給閱卷員看得懂，確定一個主題再發散來寫，方便給分，老師開心我也開心，大家開心，豈不美哉。

而這就是危險的地方所在了，因為這一點都不美，在八〇年代時中國文人在一片狼藉的解凍環境裡反思過往的文藝理論，才看到了「形散神不散」的理論漏洞：所謂的中心思想可以被時代主流話語所改裝，「在國家主義抒情機制及群體意識高昂的時代語境之中，很容易被看作是為意識形態干預文學的舉動」。那就是說，所謂的形是甚麼都不重要，黨跟你講這個是神，那這個就是神了。我話說完，誰贊成，誰反對？

這還只是意識形態，形散神不散連在文學技術的範疇裡也被批判得體無完膚。林非在一九八七年清算了這個概念：「如果只鼓勵這一種寫法，而反對主題分散或蘊含的另外寫法，意味著用單一化來排斥和窒息豐富多彩的藝術追求。」這篇文章大幅傳播，劉軍還將形散神不散稱為一種流弊。反正就是退流行了，而肖雲儒也坦承這個論點已經落後於時代，只不過適用於形制自由的散文上而已，不要把它當成整體的散文理論了，翻譯過來就是拜託不要再噴了大家以和為貴不好嗎。而它落在中學教科書裡跟正反立論式隨筆也是差不多的道理，兩者都只是用來考大學的工具而已，套用一句香港的老話——這只不過是遊戲規則，認真你就輸了——太認真的東西都是考不上大學的。

回到巴特的論述後，我們就能清楚看到形散神聚跟石塊核心的差別所在，巴特的這段論述沒有核心，沒有神。它並不是從短暫裡尋找與過濾出永恆，而是使短暫成為永恆。他展開隨筆的方法是反覆循環，是插入與分隔，「每一片段自成一體，但卻又為其隔鄰的一種間隙」。理想的隨筆，是一系列石塊的反覆出現，每個石塊都是獨立的，但它們出現的頻率如順序就如若音樂一樣，成為一連串的效果：

> 這件作品沿著兩個動作往前連續發展：一個是**直線**（不斷往前，不斷增長，堅持一個概念、一個姿態、一種品味，以及一個形象）。另一個是**鋸齒形曲線**（相反位置反向前進，互相對立，反作用，否定，來回行走，成Z字形行進，Z便是偏離運動的字形）。

隨筆一路前進，一路回頭、一路堅持，一路偏離。沒有甚麼比巴特在《S/Z》裡的這段話更能歸納「甚麼是隨筆」的了：「在成堆的文本中，一個文本即好比一個平坦而深邃的天空，光溜溜的，沒有邊界，也沒有標記。**占卜官用棍子對著天空比劃，劃出一塊想像的長方形，透過一些原則，詢問有關鳥的飛行狀況**。同樣，評論者在這個文本中追尋閱讀的地段，以便在其中觀察意義的遷移，符碼的浮現，以及引語的流動。」

後來，他在《羅蘭巴特論羅蘭巴特》裡回顧了這段話：「閱讀的片段被拿來和古羅馬時代占卜者用木棒將天空切出部分相提並論。這個動作討他喜歡：在從前，以木棒對著空中比劃的動作，也就是說**對著沒有定點的目標隨便比劃**，這個動作一定很美；但同時卻又很瘋狂：它很鄭重其事地劃出一個界限，但痕跡之後立刻便消失了，只是一個**帶有知性回憶的劃分動作**；但另一方面，這個動作則全然是儀式性質，帶有絕對的武斷，那便

是意義產生時的劃分。」

在一片無序的天空裡，在大哲學體系的瓦解、上帝被放逐、宗教被除魅的時代裡，伸出棍子向天空索取一片屬於自己的土地，伸出文字去拆卸並組合屬於自己的思想，認清一切都是細節的碎片，不強求一個凝聚一切的神，而相信形的重複可以建立節奏與效果。隨筆就是鑒定，就是去嘗試捕獲，去擺放，去展覽。

13

阿多諾也好，巴特也好，狄倫也好，又或是我們等等會碰到的桑塔格也好，在他們眼中的世界就是一個可以清拆為碎片的東西，又或世界本身就是遍地碎片。我認為可以回歸同一個想像：谷崎潤一郎在〈我的貧窮故事〉裡寫到截稿死線將至時頻繁地或站或坐，或喝茶或抽煙，上個小號，順道去院子裡散步回來。如果是我的話，還有忍不住把東西擺整齊，用抹布擦乾淨，用酒精消毒，雙手抱胸觀賞一陣，又換個位置擺。這大概就是隨筆的精神所在了，行行企企，把東西拿起來清理，換個擺放方式，看出一些違和與差異，又跟其他東西擺在一起。

狄倫的《隨筆主義》大概就是以上比喻的具象化，他將隨筆的概念清拆成一連串的碎片，對話、清單、評述、日記、格言、講道、筆記等等，逐個拿起來用理論或歷史的抹布或仔細或隨意地擦拭，再安放回去。如果說，世界就是漫山遍野由碎片組成的荒原，又為甚麼不從碎片開始理解世界呢？**散文本身就經常是一個碎片，又或可能由碎片組成**。其後，我們可以從清單、日記與格言這三種碎片來理解整部《隨筆主義》的主軸。

在某種程度來說，大綱與草稿就是一張清單，一種意念的羅列，一組等候完成後打勾的序列。但我們先集中在真正的清單上：購物清單、待辦事項清單、旅行清單——瓊蒂蒂安（Joan Didion）的清單，讓她得以寫出《白色專輯》的清單。她的清單就貼在衣櫥的門內側，當她需要遠行時，可以不假思索地打包：

2條裙子
2件球衣或緊身衣
1件套頭毛衣
2雙鞋子
絲襪
胸罩
睡衣、睡袍、拖鞋
香煙
波本酒

包內裝有：

洗髮精

牙刷牙膏

基皂

剃刀、體香劑

阿斯匹靈、處方藥、衛生棉條

乳霜、爽身粉、嬰兒油

補充清單：

隨身攜帶：

馬海毛毯

打字機

2本橫線筆記本與筆

文件

家裡鑰匙

這些衣物與文件幾乎是她的移動式辦公室了，讓她可以在遠行采風後坐在機場長椅上就地開工。但是清單，在這一切發生以前的清單，蒂蒂安在《白色專輯》裡這樣描述：「很明顯地，這是一份由重視控制和渴望進展，還決心扮演好自己角色的人擬出來的清單。這弄得好像她有份劇本，聽得到指令還知道劇情那樣。」

狄倫從蒂蒂安的清單出發，指出製作清單與真正的寫作是不一樣的，他就像蒂蒂安打包行李一樣，列出想放進隨筆裡的所有東西。「我將隨筆視為一個容器，因為我想掩蓋隨著寫作而來的焦慮，而當我有一份清單的話，那我就不用在腦海裡沒有任何想法和詞彙時面對空白的電腦螢幕了。」在《隨筆主義》裡，狄倫的描述隨著清單展開：「我可以簡單地隨著清單裡的條目來寫作——從A到Z，從一到無限。」

於是，我們可以說——蒂蒂安與躺平才能思考寫作的卡波蒂是同個時代的作家，《紐約時報》形容蒂蒂安時指出「她的第一本非虛構寫作文集呈現了這幾年美國最好的一些雜誌文章。既然卡波蒂說這種文類已經是一種藝術，也許這本書不應該只是被認為『僅僅是新聞報道』，而是展示了今日美國最好的散文」——清單其實就是一種安穩的狀態，如若卡波蒂的姿勢。一種安心，一種平息，一種鎮靜劑，一些蒂蒂安放進行李裡的香煙、波本酒、阿斯匹靈。

「我是一個『水平』的作家。只有躺下來——不管是躺在床上還是攤在一張沙發上，香煙和咖啡觸手可及，我才能思考。我一定得吞雲吐霧、細啜慢飲。隨著午後時光漸漸推移，我把咖啡換成薄荷茶，再換成雪利酒，最後是馬丁尼。不，我不用打字機。開始時不用。初稿我是手寫的，用鉛筆。接著我從頭到尾改一遍，也是手寫的。」卡波蒂的姿勢習慣羅列，其實也是一份清單，讓他在出門進入寫作的世界時，可以不假思索地收拾行李。如果拿走了讓卡波蒂舒服的清單，又或蒂蒂安旅行的清單，我們今天還會有《冷血》或《白色專輯》嗎？也許有吧，但可能就沒那麼好看了。沒那麼順暢，沒那麼自在，一種停滯，一種頓挫，一種危機。

隨筆嘗試書寫生命，嘗試為生命經驗找到形式，嘗試詢問生命應該尋找何種形式的安頓——答案是：從清單開始安頓。作為草稿與大綱的清單鎮靜了作者的焦慮，輕柔而堅定地請求翻湧的不安靜止。「清單，沒有甚麼比起弄出一份清單更簡單的事了。」狄倫寫道：「但這實際上也是一件複雜的工作。你註定會遺忘些甚麼，你會被放棄的誘惑所困擾，或者讓事情一拖再拖，然後寫下『等等』——**但清單的意義就是在於不要寫下『等等』。**」

清單作為一種片段文字，作為一個可以隨時起行的行李箱，帶領我們來到這個比喻的下一站：我們拿著這個行李箱要去哪裡呢？我們把散文砸碎成一份打勾的清單，要做甚麼呢？我們將大哲學體系瓦解掉，使短暫成為永恆，是在做甚麼？「我們藉口摧毀長篇論文，便能規律寫些片段的文字；最後則滑向日記。但是，片段文字的最終目的就是日記嗎？」《羅蘭巴特論羅蘭巴特》在高舉片段寫作時，也不禁問出這個問題。而這一切也回到蒙田的命題——研究自己。巴特寫道：「我寫片段文字，我反覆檢視我所寫的片段文字（修改潤飾等等）。觀照我的垃圾（自戀）。」

清單或多或少都有些個人的自傳氣質，這無可避免就滑向了日記的部分，它是一種紀錄嗎？它是生活嗎？還是它只是生活的一個意志？巴特在

〈我喜歡，我不喜歡〉裡列出長長的清單，「**我喜歡**：沙拉、肉桂、乳酪、辣椒〔…〕早上七點鐘從沙拉孟克出來時一眼看到前面的群山等等。／**我不喜歡**：白色的哈巴狗、穿長褲的女人、天竺葵、草莓〔…〕和不認識的人共度夜晚等等。／**我喜歡，我不喜歡**：這對別人並沒甚麼重要性，顯然沒任何意義。這只是說明：**我的身體和你不一樣**。因此，在這種品味一團混亂的泡沫裡，像是不經意的塗抹，卻逐漸地升起某種身體之謎，也藉此喚起共鳴和憤怒。這樣做會引發某種反彈，有人會支持，有人會緘默不語，更有人不會加以認同，但這迫使人自由開放地忍受一種他無法分享的愉悅或拒絕。」

這對別人沒甚麼重要性——**為甚麼我們要知道一位作家的世系、性格、**

嗜好、**思想**、**信仰**、**生活習慣**？——這只是說明，我們不一樣，而差異引來興趣。這是一種吸引，甚至誘惑，為甚麼他們可以這樣羅列清單？為甚麼他們羅列清單的方法，我從來沒有想過？桑塔格在讀到《羅蘭巴特論羅蘭巴特》後，也在日記裡列出了自己的喜歡與不喜歡清單，但除此以外，她還在一篇實驗小說〈中國旅行計畫〉裡玩弄過這個概念，雖然我讀起來有點切膚之痛了：

我打算到中國去。

我將越過香港與中國之間深圳河上的羅湖橋。

到中國之後，不一會兒，我又要越過在中國與香港之間深圳河上的羅湖橋了。

五種變化多端之物：

羅湖橋

深圳河

香港

中國

布檐帽

想想其他幾種可能的順序。

我從未去過中國。

我一直希望到中國去。一直。

我想這裡頭五十年不變的只有布檐帽吧。現在中國香港深圳河上的羅湖橋，幾乎已經不能算是一條邊界了。現在的邊界不在物理，不在地理，大概在心理和倫理裡。心理的邊界需要戴頂布簷帽，不然會被擋下來。而桑塔格在這裡玩弄的，除了清單的可變性，其實還有它的展演性，藉此喚起共鳴和憤怒。這份清單是可以給後人看的——後人，不是外人，因為後人可以是自己。這個觀點可以從她的日記裡萃取出來。

「桑塔格的日記並非事件、思想與印象的紀錄，而是她的願望清單，一個她實驗各種『蘇珊．桑塔格』作家形象的地方，並且解剖出構成這頭怪獸的各種部分。」狄倫這樣形容桑塔格的日記：「桑塔格在日記中進行了許多對於片段化寫作的實驗，尤其是，她製作了許多清單。最引人注目的，也許就是單詞清單。這種習慣似乎僅屬於學徒與新手作家，但有趣的是，桑塔格從未停止製作這樣的清單，到中年及以後的歲月裡仍然不斷增加。有時，這些清單最終會引出更多有用或美麗的單詞，她甚至會用水力學的詞語來豐富詞彙。」

清單組成了日記，但日記組成了甚麼？也許，其實就是形象，一個作家形象。一個作家桑塔格的形象。因為早在一九五七年，也就是她二十四歲時，桑塔格已經在日記裡寫道：「將日記的粗淺理解，就是將之當成某人隱私思想的容器——就像一個既聾且啞，還目不識丁的知己女友。我在日記所揭露的自己不會比在任何人面前更赤裸；在日記中的我是被我創造出來的。」桑塔格的意思其實是：**我的身體和你不一樣**。

然而，隨著時間推移，我們可以看見一種弱化，一種退讓，年輕時寫作的野心緩緩滑向了對於寫作的不安，一九六五年：「這兩年來我變得更差勁了嗎——逐漸枯竭，變得苛刻，孤僻？憤恨日益沸騰。但我不敢表現出來。當它冒出來，我就逃避。不曉得未來是甚麼樣子。」**【寫在旁邊】**：**一個精神上的計畫—但繫於物件創造（正如意識受制於身體）**。她甚至虛弱地說：「我將自己視為一個嘗試的人，我嘗試去取悅別人，但當然沒有成功過」，又或「假如我盡可能地降低期望，就不會受傷害」。到了一九七〇年時，她甚至驚人地寫下「我想我已經準備好學會怎麼寫作」。

回到焦慮上吧，回到清單。如果連桑塔格都無法排解憂慮，我們又算得上甚麼呢？在一九七八年，她出版了小說集《我等之輩》（I,

etcetera），也就是收錄〈中國旅行計畫〉的那本書，從日記裡我們就知道當時的評論家如何形容這部作品，老實說，真的不怎麼好看：「我看到對我的惡評，我心情下沉到底——這就是缺乏膽量。」在那以前，懷著雄心壯志的她形容《我等之輩》「結集八篇小說。流傳的意義。故事像稜鏡。都是『關於』敘事。倫理項目的結合。」而且在寫下這本小說後，她「正讓自己無法再寫任何散文（Essay）」，因為正如意識受制於身體，小說亦受制於散文：「我在小說裡頭可以寫出散文，但顛倒過來卻不行。」

反應不怎麼好，可想而知。但浪湧而來的焦慮讓她幾乎無法喘息，寫不出一個好故事或者成為「作家」，讓她走投無路。然而，狄倫指出了「她似乎沒有注意到，或許已經忘記了：她所渴望的風格解放，其實就在日記本身的形式中。桑塔格將她的筆記本與日記，視為一個可以描述問題但無法解決問題的地方。」正如她在〈中國旅行計畫〉裡玩弄的清單，其實在日記與隨筆當中，更能大放異彩。

從生活的清單組合成日記，捕捉碎片並安放排列，在時代的危機裡建造一個避風港，用我們時代的話來說：一個存檔點。如果說日記展示了安撫的作用，也許就只不過像是桑塔格在一九六八年寫的那樣：「我在這裡寫下的，我是唯一的讀者——這個認知並不痛苦，反而讓我因此覺得更堅強，每次寫下一些東西就覺得更堅強。」

又或者，讓我們回到一九四九年。那年，桑塔格剛滿十六歲，剛剛抵達加州柏克萊開始大學生活。在標明著四九年五月七至三十一日的札記的封面內側，她以大寫字體寫著：

我在這札記所重述的時間裡重生了。

透過占卜官用棍子在天空劃出的長方形，透過作家將長方形的清單組合為日記，透過將日記整合為一份文章，透過思想的權衡、鑒定與稱重，我們在隨筆的時間裡重生，將日子拆卸與重組，將生命賦形與改裝。

14

沒有甚麼碎片能比格言更直接精簡的了，桑塔格在日記裡寫道：「警句格言的思維，是一種急切而缺乏耐心的思考：藉由它的極致簡潔或濃縮，設定出一個更高標準的前提〔…〕通常被視為一種超然不偏倚的作品，一種傲慢的心態。」不過，在這篇日記的最後一段裡，她忽然跳出一句：「蒙田，創作出現代隨筆——也是個警句格言作家？」

畢竟只是日記，是快速塗鴉的文類，我們在字裡行間裡未必能夠跟上桑塔格的思維跳躍，畢竟她對這種寫法也是瞭然於胸——「警句格言。片段——所有那些都是『筆記本式的思考』：以書寫筆記的方式產生。」而格言與筆記本在她眼中，是一種濃縮，代表速度與跳躍。然而為甚麼蒙田會是格言家，現代隨筆與格言之間的空隙，我們必須慢速填充了。

格言是一種尖銳而突出的語言，來自莫里斯．布朗修（Maurice Blanchot）在《災異的書寫》裡的格言本身就很好地解釋了格言：「寫作已經（仍然）是暴力的：在每個碎片中，有斷裂、裂痕、分割、被撕碎之物，尖銳的獨特性，磨鋒利的刀尖。」格言之所以暴力是因為它有兩種特質：其一，它嵌入一個更大的文本裡，尖銳地突出了自身（「所有的散步都會把腳散掉。」）；其二，它本身有一個明確的結構，倔強地不落俗套。這也是桑格塔之所以稱格言超然傲慢的原因。

狄倫將格言家形容為一群語言的工程師，因為格言最簡單的形式就是對稱與平行：x是y（殺不死我的，是會令我更為堅強）；又或是強化版的，x其實是y（殺不死我的，其實是會令我更為堅強）；又或更有效的，x說到底，只不過是y（說到底，凡是殺不死我的，只不過是會令我更為堅強）。

在基礎的程式以上，還有更複雜的模式可以用，比如當x是y時，a也會等於b。狄倫稱為一種智力體操，像後空翻一樣可以參加奧運。由於前面舉例用了尼采（Friedrich Nietzsche），我們繼續沿著《上帝之死》的格言來討論：「甚麼是善？凡是增強我們人類力量的東西、力量意志、力量本身，都是善。／甚麼是惡？凡是來自柔弱的東西都是惡。／甚麼是幸福？幸福是一種力量增長和阻力被克服的感覺。／不是滿足而是要求更多的力量；不是和平而是戰鬥；不是美德而是適應。／甚麼東西比惡行更為有害呢？主動的憐憫一切失敗者和柔弱者更為有害：基督教。」我們可以看到，尼采採用大量的等式來推導出他的結論：基督教 BAD，比 BAD 更 BAD，BAD pro max。而他用以推進的方法，就是格言的核心：這個等於那個。

格言是一種智力的體操，一場表演，一次展示機智的跳躍。「機智是一種將不太可能會在一起的想法連在一起的藝術，讓人覺得它們本來就應該在一起的。」狄倫引用了詩人施勒格爾（Friedrich Schlegel）：「機智的想法就像是兩個友好的思想在突然之間久別重逢。」這句話本身就機智得像格言了。

格言是兩個概念的組合，文學也不就如此嗎？哲學家巴迪歐（Alain Badiou）在〈文學在思考甚麼？〉裡將寫作拆解為無以數計的句子，而將兩個句子連在一起的活動稱為表達，而決定表達的規則，就是風格，而這只能從後回顧才能看得清楚。所以我們可以放心地說，只要將x與y連接在一起的表達方法過於出人意料，就會形成了格言的風格。

但這種風格的用處是甚麼呢？回到剛剛的比喻上，清單、日記與格言作為一個可以隨時起行的行李箱，我們拿著這個行李箱要去哪裡呢？在《羅蘭巴特論羅蘭巴特》的全書倒數第二個片段裡，巴特才正面迎擊格言這個體裁：

這本書有許多筆調很像在寫格言（**我們、大家、經常**）。然而，格言乃是在人類天性的一種本質性概念中受到了解，它和古典的意識形態結合在一起：這是語言中最為高傲的一種形式（而且常常也是最愚蠢的一種）。那麼，為甚麼不加以拒絕呢？理由一向總是基於情感因素：我寫格言（或說我草繪了格言之動作）**乃為讓自己安心**。當憂煩突然來臨時，我只能尋求比自己更超越的某些固定的東西，藉以緩和憂煩：「**總之，事情總是如此**」，格言因而誕生。格言是一種**句子**—**名稱**，而為事物定名，緩和憂煩。這仍是一句格言：格言可以緩和我在寫格言時顯得不合時宜的害怕。

一種安心，一種平息，一種鎮靜劑，一些蒂蒂安放進行李裡的香煙、波本酒、阿斯匹靈；一個桑塔格的存檔點，讓她在這札記所重述的時間裡重生；一段巴特的格言，讓他「安全極了」，「格言的固定不動可以安定瘋狂的組織」。黃錦樹為言叔夏《白馬走過天亮》撰序時，亦提及她偏好格言警句：「心是辯術」（x是y），「那布偶極愛轉彎，那轉彎的弧度極美，那傾斜就是一種正確，那棉花屑，沿路不斷掉落就宛如祕密的雪」（x是y；於是a是b）。黃錦樹寫道，這些瞪羚般的跳躍，是一種文體練習，格言警句總是企圖排除時間。

排除甚麼時間？一樣回到現代初升時人類目擊漫山遍野的碎片時間

嗎？傳統無法順利對接到現代的頓挫時間嗎？並非如此，遠超於此，也遠小於此。格言——在這裡，我們可以替換為組合：意象的組合，句子的組合，段落的組合，篇章的組合——全是作者嘗試建構自身時間的嘗試。世界是如此嶄新，許多東西都還沒有命名，想要述說時還得用手去指。占卜官用棍子對著天空比劃，劃出一塊想像的長方形，透過一些原則，詢問有關鳥的飛行狀況。那是一種努力，一種嘗試，一種試驗，一種推測或冒險，而且很可能會失敗。我將自己視為一個嘗試的人，我嘗試去取悅別人，但當然沒有成功過。然而我研究自己直到最深處，我知道甚麼屬於我，甚麼不屬於我。於是，我在這札記所重述的時間裡重生了。

又或者用一組對稱平行的公式來歸納《隨筆主義》吧，這部以隨筆來解釋隨筆的作品：清單即羅列，日記即個人，格言即組合。現代即混亂，隨筆即占卜棍，作者即嘗試為自身建立秩序的政務官。

15

我對組合的迷戀大概來自大學二年級時第一次讀到駱以軍，從〈降生十二星座〉開始，到擴大組合面的《遺悲懷》，其後是極限嘗試的《西夏旅館》。那時也不懂甚麼組合的機智，連續的節奏，純粹只不過是震撼於故事與故事之間強韌的黏性，句子與句子之間詭誕的接駁。後來去聽他的現場演講，把三、四個故事用奇怪的魔力連接起來，用一百種方法將一千個細節編織接合，說到底，那就是一種組合技的大師課。

當然後來組合也成為一個對於駱以軍的檢驗標準。黃錦樹（又是他）寫了一篇論文，指出《女兒》比《西夏旅館》還更像短篇小說集，篇章連結得更為鬆散，閱讀時真的會在讀者腦袋搞出一場粒子纏結。這段落可以解釋為組合的力量不足，並將接駁裝置外包給撰序的楊凱麟，讓法國理論成為小說的黏著劑。作家和學者**分工後沒有合作**，小說自給自足的世界搖搖欲墜了。

但楊凱麟—德勒茲（Gilles Deleuze）—駱以軍的組合還是把我帶來了台灣，接下來的事我們就不談了，我已經寫了一整本碩士論文來回應這個決定。在這裡，我們可以看到最重要的一點，**組合並不是隨筆獨有的技術**，從清單、日記到格言的展開，可以指向詩、小說、戲劇、報導或更多文類，甚至網絡迷因（當你……時，感覺就像一張從遙遠世界連結而來的梗圖）。文學本身就非常著重組合，巴迪歐的公式「將兩個句子連在一起的活動稱為表達」可以落在各個文類，更何況「x是y」本來就非常親緣於詩學——巴特的詩學——詩學行為在於把一個聚合體擴展成一個組合體。

又或者這樣說吧，散文也好，隨筆也罷，它與其他文類的區隔在於組合時「我」的突出，自我尖銳得近乎格言了。郁達夫強調的個人，唐捐的自我，黃錦樹的抒情自我：我思、我感、我看、我說；思我、感我、看我、說我。又或那個從權衡控制外部過渡到蒙田的轉向：我研究自己甚於其他項目，我研究自己直到最深處，我知道甚麼屬於我，甚麼不屬於我。桑塔格將蒙田的工作命名為「偉大國家文學計畫」，因為正是蒙田將自我視為一種職業，人生是一場自我解讀，而巴特是最後一位主要參與者。「現在，我渴望承認的是，」狄倫在歸納各式隨筆後，嘗試在基礎之上建構一個**隨筆主義**：「我在隨筆裡渴望的——所有以上提及或暗示過的隨筆，幾乎全部是真實的——是一種敏感與敏銳的同時存在。」

敏銳所指的是各式各樣的組合，而敏感所指的就是組合的困境了。如若黃錦樹批評駱以軍《女兒》的體裁並非長篇小說而應該是短篇小說集，隨筆集先天就碰上了這個問題：它不以整體為目標。「對於隨筆的慣見批評是，它是片段化和隨機的，這種批評假定了有一種整體性的存在。」阿多諾的這段話與狄倫所鍾愛的隨筆是重疊的，而在《隨筆主義》序章的結尾，他引用了一段威廉・卡洛斯・威廉斯（William Carlos Williams）：

每一篇散文的外圍都圈有其涵蓋範圍的變化，它的廣度與穿透力向內移動，繞著所有風格中最時髦的磚塊——統一性——收攏。在寫作架構中，統一性是最淺薄、最廉價的騙局了。沒有比這更能凸顯出智慧的平庸了。沒有比這不需注意的事情。無論是甚麼文章，每一篇文章都具備統一性。笨拙或蹩腳的文章尤甚。不過，優秀的散文特質乃是多重性、無限的分裂、對立力量的交錯，構建出多個對立而靜止的中心。

隨筆主義就是朝向多樣與破裂的展開，那就是嘗試文的展開，以個人的有限迎擊世界的無限。「你註定會遺忘些甚麼，你會被放棄的誘惑所困擾，或者讓事情一拖再拖，然後寫下『等等』——但清單的意義就是在於不要寫下『等等』」，嘗試文的意義就是在於不要寫下等等。為了不要過早停止，隨筆作家一再出發，組合，捕獲更多可以黏貼在自己身上的元素，一如桑塔格持續增生的單詞清單，一如巴特的喜歡／不喜歡列表。

在這裡，我以一個讀者的身分描繪出我的偏好，那就是當我閱讀隨筆——甚至散文——時，其實我並不在乎作家的世系、性格、嗜好、思想、信仰、生活習慣，作者在我打開第一個段落時已經死去了。我所感興趣的，是這個敘事者如何捕獲一切能夠使用的，饑渴地拆除與安裝世界，並貪婪地附著到自己身上。清單、日記、格言、筆記、評述、便條貼，隨筆作者將這一切用驚人的匠藝轉化成專屬於他身上閃爍發亮的細節，如若狄倫的渴望：「我想要細節，我也想要圍繞著它由相似與關聯所形成的光暈。我想要這個不可化約的節點，然而我卻無法不欣賞這個節點如何點燃其他的節點——爆炸、引燃、釋放。細節之所以為細節，是因為它對於整體的暗示，以及它從圍繞著它的整體上吸取了甚麼。」又或是評論家詹姆斯・伍德（James Wood）所形容的：

在生活中，一如在文學中，我們的航行要靠細節的星辰指引。我們用細節去聚焦，去固定一個印象，去回憶。我們擱淺在細節上。

替換部件

16

駱以軍《我未來次子關於我的回憶》以這樣一個動人的段落敲響了終章的鐘聲：

父親嘆口氣，以難得的慈祥口吻對我說：有一些看似不重要的歧岔，一些你以為只是虛應敷衍的過渡，到後來反而致命性地影響了你一輩子的性格。父親說，他年輕時曾因糊口，在一家小出版社替各式各樣的書寫封底簡介。每個禮拜約二、三十本，有小說、爛小說、都會愛情短文、投資理財書、人生勵志小品、命理書……他那時不以為意，他可以在一個下午速讀完那些糟粕，然後替每本書寫上一段一百字以內的精華摘要。沒想到，過了一個年紀之後，這段經歷像種在身體某個角落的肉芽開始攫奪他說故事（或描述事情）的習慣。

有一些他想述說給我聽的，他希望我記得的，他迫不及待想從那龐大紛駭之時間流裡撈起的「故事」……全成了極簡、濃縮的封底書摘。

父親說，這是他喜歡和我說故事的原因。我比他沉迷於細節。我恐懼故事結束。我替他補充他略過不表的，他忘記的、他沒說出來的那些。我隱隱相信：每一個截面、每一幅漂浮的畫面，描述它們時刻所動用的細節，其實彼此之間，以一種神祕的織法連繫在一塊……

不重要的歧岔、摘要、攫奪、細節、織法，我們可以看見一種敏感：對於完整而龐大的時間感被逐漸敲碎的不安。它提醒我們的是，**生活本身就經常是一個碎片，又或可能由碎片組成**。然而敘事者恐懼故事結束，寧可用無盡的細節來填充，讓故事成為無限加時的延長賽。因為小說的結束，提醒了我們何謂死亡，掩蓋的翻頁聲如若敲響鐘聲，虛構與現實的時間流速就這樣肅穆地分岔了。

對於《次子》的敘事者來說，喪鐘聲更為切身，因為他是作者虛構出來的角色，當故事結束時，他將徹底地化為烏有。他的存在即將成為一個圓圈，一顆重複播放的按鈕，一條銜尾蛇。他無法抵禦大限的到來，唯有折返回去在每一個細節裡撈取生命的剩餘。而這不就是生活本身嗎？班雅明在《說故事的人》裡寫道，經典的故事總是圍繞著死亡展開，它是聽故事的人為雙手取暖的爐火。死亡使完整的故事得以傳達，給予了說故事的人權威。

評論家詹姆斯·伍德在出席一次喪禮時突然想到，死亡給予了我們能夠看到整段人生的可怕特權，一場葬禮，甚至一張訃告，就是那特權最令人不安的禮拜場所，而在所有文學類型裡，小說是這一種禮拜形式最強大的世俗版本。《次子》結束時，我們可以確切地指出：次子的生命就此終結，他就這樣死了。而死亡孕育了一個終極的問題——「**為甚麼**？」——然後又吞噬了所有的答案。伍德形容：「在小說裡可以有任何想法，表達任何內容——小說是一座花園，大大的『**為甚麼**？』掛在那裡等待採摘，在自由的空氣裡洋洋自得。」

這讓我們折返至德勒茲與瓜塔里（Félix Guattari）合著的《千高原》，這兩位博雜的思想家將小說拆散為短篇小說與故事結合的裝置，短篇小說是「發生了甚麼事？到底已經發生了甚麼？」的織物，故事則是「即將發生甚麼？」的結構，而小說就是以上兩個問題的組合，它將過去與未來整合在一起。它是一個大寫的「為甚麼」，一座融匯過去與未來的花園。德勒茲在《批判與臨床》開篇第一頁就已經寫道，**寫作是一個過程，是一個穿越未來與過去的生命片段**。在這裡，我們像次子一樣向死亡討價還價。

在死亡面前，我們驟然發現手上擁有的裝備都是暫時的碎片，更可恥的是，它還是隨機取得的。這種企圖如若一篇想要撬起世界的散文般令人髮指。但它彷彿就是寫作的本質，巴迪歐在〈文學在思考甚麼？〉裡寫，藝術就是生產出人造的有限，去反抗自然的無限。

小說追逐整體並向死亡斤斤計較，散文整合片段與隨機來摩擦取火，燃點起說故事的人眼底的火焰。小說的角色在最後一刻黯然地退場，成為了你我身畔永遠的影子，然而我們知道，除非是遺稿或是過世作家，散文結束時作者並未死去，這是真實契約赦免我們惆悵的一種善意。

「文學是一種配置，它與意識形態無關，文學沒有、也從未有過意識形態。」《千高原》以文學視為一種連接用的工具：「唯一的問題正是要了解，為了使文學機器得以運轉，能夠或必須將它與哪部別的機器相連接？」在這裡，我們相信他們的意思是文學保留了中間派的氣質，它從不需要去想像哪個才是可能最好的世界。它毋寧是死亡面前的一種反思，在搖曳火光前陰晴不定的臉容，一個大寫的為甚麼。在這一刻，生命的每一個細節都將會被貪婪地攫奪，一場暴食傾向的走馬燈，讓人情願相信：每一個截面、每一幅漂浮的畫面，描述它們時刻所動用的細節，其實彼此之間，以一種神祕的織法連繫在一塊。

狄倫在《隨筆主義》裡形容，德勒茲與瓜塔里找到了一個主宰一切的比喻，也就是根莖。它能夠以某種輕鬆的方式統御全書，除此以外，它還能戲劇性地推到極限，然後直接原地放棄。回過神來，全書都是碎片。但是《千高原》裡閃爍的斷片折光，來自於細節的摩擦取火，幾乎不可能共存在一起的諸多事物：狼群、地質學、口令、受虐狂、黑洞、巫術、飛鳥……他們用根莖這個比喻，將一切整合成巨大的地毯。

一個片段與細節的遊樂場，我們幾可斷定，《千高原》可以永遠地寫下去，細節亦可以完全地替換：企鵝、天文學、手勢、僱員、超新星、占星學、海豚……難怪德勒茲與瓜塔里的理論後來會被用來研究駱以軍，因為那股吞噬一切的意志，是一種世紀末的共相，一種意猶未盡的歇斯底里。一種對於大限將至的討價還價，一種不甘，一種回首向來蕭瑟處的朝花夕拾。再一個碎片，再一個碎片就好，生命可能就只缺這個碎片就完整了。

但如果我們不面向整體？如果推到極限的是片段與隨機？如果散文並不本性安分，並將一切都貪婪地裝配起來？如果裝配的事物可以不斷替換？

巴特描述了一種人的形象，在我們的時代，小說教人不再以一個懺悔者、一個內科醫生、甚至是上帝的眼光來看世界，而是以一個在城市中行走的人的眼光來看，他的眼前除了面前的景觀不再有其他景象，除了自己的眼睛他不再有其他能力。然而小說，未來次子提醒了我們，從上帝墜落至死亡的痛楚是如此駭人，將「為甚麼」降解為「到底發生了甚麼事」如此卑微，讓我們決定回到一個接一個的細節，鋪排出眼前的一圈石塊。

在終章的鐘聲響起之時，次子凝視著火，他是故事嗎？還是他是火堆本身？火成為了他當刻的細節，而他亦成為了城市的細節，一條長長的陰影在馬路上不安地顫動。**有一些看似不重要的歧岔，一些你以為只是虛應敷衍的過渡，到後來反而致命性地影響了你一輩子的性格**。如火的句子，他即將猛然從焰光前退卻，退回現代的鋼鐵叢林，退回城市擁擠的商店街，退回隨筆與散文的現場，生活與死亡成為他的救生腰帶，他雙手牢牢地抓捕了它，並甘願接受在死亡面前，他如他的讀者一樣，只不過是一片接一片的碎片，是一段接一段的回憶。

也同樣是死亡的終點線提醒我們，人們不可能每時每刻都在「為甚麼」的花園裡洋洋自得，因為生活本身並不要求你的理解，在更多時候，它是故事，它是「即將會發生甚麼」的質問。死亡也讓我們確認，伴隨生活的並不只有追逐整體的小說，次子的父親在龐大紛駭之時間流裡撈起的故事，其中必然也有安頓碎片的散文。在火堆面前的寫作，是穿越未來與過去的生命片段，我們必須撿拾所有時間段當中那些火堆與城市摩擦時隨機掉落的各項細節，因為生活的核心就是這樣，總是這樣：伸手去攫奪那些可以任意替換的諸多事物，如格言般觀察那些a＝b的時刻，並推斷出更多的

c＝d，x＝y，如是，我們可以如若蒙田那樣組合出自己，像巴特那樣丈量與占卜世界，又或如桑塔格那樣，得以在散文所重述的片段與隨機裡重生。

17

一次替換的嘗試：散步。去年秋天，我受邀到一家山上的大學擔任文學獎評審，Google Maps 上顯示從捷運站走到文學院才不過半小時，我就在路邊買杯咖啡，打算去散個步。結果才走十分鐘事情就不太對勁了，從校門舉目看去全是上坡路，上千級樓梯從此沒有身後身。我每走一段，襯衫裡的發熱衣又再汗濕了一些，帽子裡的熱氣幾乎提醒了我說故事的人在死亡前燃點的火堆。

千辛萬苦抵達山上的文學院，才知道原來這算是健行者登山路線的入口。然而，當我們評完結束後，主持這個文學獎的教授才說原來可以走別的路線。他帶我們穿過教學大樓的電梯，不知道藏在哪的樓梯，拐個彎又有捷徑，硬是把山體走出個狡兔三窟，一下子就回到校門。多年以前，我去香港中文大學找朋友時也有相同的體驗，那些大樓名字，電梯樓層，轉角暗門，我一個都記不起來的時候，熟路的人就像老練的水手，帶我免去被汗水的浪濤沒頂的橫禍。

在夏季上山下坡是最差勁的散步經驗了。不流汗是我的生活原則，這幾乎是一種童年詛咒，把我拽回過往被迫強制參與體育課程時待過的每個更衣室，裡頭只有惡意競爭與無窮無盡的屈辱。巴特寫道：**文學可以成為童年記憶以外的東西嗎**？可以的，命運在我手永不低頭，在高中後的每個夏季我只會躺平長開冷氣，靜候秋冬如誤點火車般到來。

在無法散步的季節裡，我閱讀散步：「所有的散步都會把腳散掉，而生活總是在他方／不這樣稍事休息，轉換心情，便無法專心思考，就順道去院子裡散步回來盯著原稿瞧／當我們懂得系統性地觀察周遭的一切，就能帶來無窮的樂趣，在一定程度上甚至是一種知性的樂趣。」寫《城市散步學》的黃宇軒對尋找特殊路線情有獨鍾，他用村上春樹《1Q84》作為比擬，主角總是探進未知的怪路，在一片漆黑裡前進，回過神時，已身處在城市的另一端。

有一次他從銅鑼灣世貿中心停車場推開一扇平平無奇的門，門後是地下通道，走到盡頭時，居然跨越多線行車的馬路抵達了避風塘。這是一種城市漫遊者的形象：開放嘗試的態度加上擁抱隨機，從而挖掘出特殊而不為人知的路線。他寫道，閱讀城市就像在看一齣戲，這有點類如文學的陌生化了。

這也類如一種格言，漫步城市等於閱讀文本。於是我們何不反過來把玩一下這個等式，讓散步成為散文吧。一七八二年，盧梭（Jean-Jacques

Rousseau）在《一位孤行者的幻想》裡將步行描述為促進沉思的刺激，於是他喜歡在鄉間散步，這樣就不用被城市的信息符號搞得心煩意亂了。在一個世紀後，波特萊爾（Charles Pierre Baudelaire）在《巴黎的憂鬱》被乞丐、妓女、破敗宮殿、昂貴餐廳輪番轟炸。這些刺激彷彿喚醒了他體內的一些甚麼，一些無以名狀的衝動，但城市的複雜性讓人很難確認——短篇小說的經典命題——到底發生了甚麼？

「漫遊者的形象就是從這種困惑中產生的：**漫步在城市中以設法了解自己**。」桑內特如此形容漫遊者的本質，四處探索的漫遊者通常晝伏夜出，因為城市的祕密在夜裡總會忍不住側漏而出。而相較之下，漫遊者比有目的的徒步旅行者更為開放，因為他們對於地方與人的知識能以不可預見的方式擴展。

而散步路線甚至是無限的，這是由於路線最為寬鬆的定義，是只要人的雙腳能踩上去移動的就能被定義為路。「這樣的思考讓我們觸及一個浪漫的城市研究想法——城市折疊起來，永遠有未知的空間、無法被我們完全掌握和走遍所有的角落。」《城市散步學》的核心詞語是**浪漫**，接駁上城市漫遊者的**冒險精神**：「我們無法完全掌握一切路徑，而這正是城市空間複雜性的其中一種，也是散步和觀察時，感受城市魅力其中一個重要方向。我們總有錯過的路、未曾遇上的路、未知的路，還有待行走的路。」

桑內特與黃宇軒共同描繪的是這樣一種現代形象：在城市裡生活可以

練就出一種匠藝。收集並組合面前的各種細節，熟悉常規後動身尋找怪路，走到某種程度後開始交朋結友。磨練一種技能是我們通往其他地方的基礎，我們之所以為人，是因為能夠類比與推論，而我們首先就在城市生活裡鍛練這種能力。這都是蒙田的隨筆命題，也是抒情散文的精粹了：通過在城市裡散步，人在比較當中認識自我，知道甚麼屬於自己，甚麼不屬於自己。人以獨特的品味、信念或際遇來建構自己的生活。

憑著手上這組路線標記，我們得以如此同時描繪城市與散文：從黃宇軒那裡，這些都是非常複雜的畫作，每時每刻都在變化，人的行為會為它添上新的顏色。而在桑內特那裡，是一幅由貧窮和富裕、功能或社會群體一起組成的拼貼畫，由雜亂的小點及奇怪的菱形構成。至於德勒茲與瓜塔里，這是一座為交易而裝配起來的機器，到處都是狂轟濫炸的符號與資本的流動。當然這一切也可以回到駱以軍：每一個截面、每一幅漂浮的畫面，描述它們時刻所動用的細節，其實彼此之間，以一種神祕的織法連繫在一塊。在這片無可理喻的織布當中，我們生活，嘗試辨認出這個與那個的共通點，在迷宮裡規劃出日常路線以安放自身。

桑內特引用地理學家段義孚，發展出一段非常精采的描述，藉由分析如何學習走出迷宮，推導出人們怎樣處理細節：一個人剛走進迷宮時，裡面的一切都是純粹的空間，沒有標記，沒有區別，我們對自己所處的位置一無所知。當第一次從迷宮裡盲目摸索出口時，我們知道那裡有一種空間敘事，有起點與終點與移動路線，但我們並不知道構成這個敘事的章節。

然而，透過反覆地漫步遊蕩，我們逐漸學會採取某些行動，挑選可以指引我們的路徑。路上總有地標，總有細節，總有冗餘而不知為何的組件，但我們將之組合起來，成為專屬於自己的路線標記。

散文的形象如若迷宮，都從困惑中誕生，而我們只好一再出發，從漫步文本當中設法認識自己。我們總有錯過的路、未曾遇上的路、未知的路，還有待行走的路。然而嘗試——對書寫者來說，縱使不幸也是一種贈予——只要作者沒被擊倒，就可以反向吸收、轉化它。「我們的被拋狀態無法選擇，但可以選擇與它搏鬥的方式。」

但散文究竟在與甚麼東西搏鬥？如果抒情散文就如黃錦樹所說的本性

溫馴，它一直以來到底在與甚麼糾纏不休？它的痛真的來自抒情傳統嗎？這可以詭異地接駁到余光中「講究速度、彈性、與密度」的現代散文上，在一次散漫的閱讀遊蕩旅程裡，我忽然讀到一段幾近完全重疊的形象。桑塔格在一九八三年發表了〈詩人的散文〉，寫及一種就算不是由詩人所寫，也是心中有詩歌標準的作家所寫的散文。它急切、熱烈、省略、經常以第一人稱敘述、時常用斷續或破碎的形式，而且「不只有特別的熱情、密度、速度、性質，還有一種特殊的主題：發展詩人的使命感。」

「詩人的散文通常有兩種敘事形式。一是直接的自傳式，另外一種也是回憶錄式的型態描寫另外一個人，可能也是作家（通常是老一輩的作家、是良師），或是摯愛的親人（通常是父母或是祖父母）。向他人致敬等同是補充闡述自己：藉由加強、淨化崇拜者，詩人可以免去粗俗的自私主義。對重要的典範致敬、回想起決定性的偶遇過程，不論是真實生活中或是文學上的決定性偶遇，作家都等於是發表自身評判的標準。」

我尤其著迷於這種在閱讀裡目睹相似路線，如若發現地球對極兩端的火車共用著相同零件規格的震撼。這是一種類似機智——就像兩個友好的思想在突然之間久別重逢——的閱讀快感。桑塔格所形容的散文，大抵與抒情散文的頓挫可以混為一談。詩人／抒情散文家的使命感總是受挫，一方面接駁到黃錦樹所形容那現代初升時刻的停滯危機，另一方面也接駁到桑塔格形容的，作家在散文裡永遠都在哀悼失落的伊甸園，記憶陳述或是哭訴。桑塔格寫道，這種散文的特色總是悲傷與懷舊的，彷彿回憶的主角永遠屬於消失的過去。

然而無論如何，散文作為一種文學體裁，它的痛楚首先就戴上了面具。正如儘管「所有的散步都會把腳散掉」，但也「畢竟拖七帶四地跟了上來」。我們首先看到的仍是一種精心準備過的浪漫，一場暫告段落的搏鬥，一次事後數算的回顧。而這種感情在面具的淨化之下，何不將其看成一種輕盈的跨越？痛楚可以是一場遊戲，悲傷也可以昇華為愉悅。畢竟拖七帶四地跟了上來，意思是，那些痛苦的事情，都已經過去了，都可以讓我們漫遊其中了。

在懷緬巴特的長文〈寫作本身〉裡，桑塔格提及了一段關於閒適輕盈的段落。在巴特的晚年，他擔任了法蘭西學院文學符號學的主席，是他畢生擔任過最顯赫的職務。就職典禮時，他提到了一種溫和的知識權威，而授課是一種寬容而非強制的領域，讓人可以放鬆、解除武裝、飄浮。而寫作本身也大抵如此——尤其散文——它的權威寬容，放鬆飄浮。讓散文出發散步吧，讓它毫無利害地出發，讓它的痛不依附既定價值，讓人在研究自己之時不致於淪為驗屍。去把城市看成一齣電影，一如在漫遊文本時把它看成城市。

18

一**次替換的嘗試：時尚**。去年秋天我把工作辭掉了，無事一身輕，在台北這座城市裡遊手好閒。我就不用漫遊者這麼浪漫的詞了，法律上來講這叫遊蕩罪。我從咖啡廳走到地下街，沿著捷運路線從南走到北從白走到黑，走個虎虎生風一日千里恍如隔世。

台北這座城市，每走個十來分鐘人們的穿著打扮就已經不太一樣，以捷運作為度量衡來說，隔個五、六站就換個風景，更不用說紅線藍線的明顯差異。大學附近的系所帽T、捷運上的POLO衫加名錶、地下街的嘻哈街舞混雜Cosplay、酒吧附近大量出沒的無袖與染髮。多年以前，我在香港坐地鐵時也有類似的體驗，那些logo，剪裁皺褶，配件材質，當我一個都記不起來的時候，熟悉的人就像老練的工匠，帶我免去誤判價值和群體的危機。

時尚這套語言，我所理解的部分極其淺薄，有我認得出來的logo已經謝天謝地了，那些刻意把符號隱藏起來的老錢風低奢風，我一律敬而遠之。這幾乎是一門外語，而我只能通過閱讀或口耳相傳來學習。寫《人間喜劇》的巴爾札克（Honoré de Balzac）對人們的穿搭技巧情有獨鍾，在他的年代，巴黎一片暗沉灰黑，城市裡盡是黑衣黑帽的男人。那時由機器按標準剪裁的成衣才剛剛出現，可以理解為歐洲的西裝與美國的軍服，彷彿城市裡的一切都整齊劃一。而個人也因此不容易被察覺，又或不會在人群裡脫穎而出。

但巴爾札克提醒我們事實並非如此，在他小說裡的角色總是試圖以衣著細節去推斷陌生人的性格。桑內特沿著巴爾札克的思路寫道：城市居民唯有精確地分析細節，才能了解生活，當年的巴黎整體是宏大、黑色、同質的，而複雜性的心理空間，則是由分析現實的小片段所組成。只要新來者摸索以這種方式來解讀城市，就能習得城市的生存之道。

但這種生存之道並非古而有之，桑內特帶領我們回到了現代初升時的時尚現場，在那以前，歐洲絕大多數衣服都由家庭自製，或者從幾家店買來材料後交給本地裁縫。裁縫意味著協同操作，不管是工匠之間還是與顧客討論的，都是一種合作。在平民以上的，是菁英貴族引領的時尚風潮，越講究的衣著代表越高的社會地位。而從十四世紀開始，時裝就一直基於技術和工業突破而發展，到十八世紀時，潮流已經由年度一變進化成季度一變。在那段時日，中產階級男性才剛剛經歷了一場「男性時尚大棄絕」（Great Masculine Renunciation），將時尚的權利讓渡給女性。他們放棄了明亮奔放的衣飾，只專注於實用性，比如公事服裝或休閒服。

然而巴爾札克提醒我們，無論是領帶的打法、皮鞋打光的方法、雪茄的種類、握手杖的方法，都代表了人們雖然放棄了整體的表現，卻將重點放在自身的細節上。巴特接著這個觀點，將流行時尚裝配到個人風格上：「轉眼之間，我們擁有了一件充斥著流行意義的外套：一點微乎其微的東西即可改變一切，這些微不足道的東西無所不能，僅僅一個細節即可改變外表，**保證了你的個性**。」一個細節足以將意義以外的東西攫奪進來，成為意義以內的。

巴爾札克和巴特共同描繪的是這樣一種現代形象：觀察時尚流行可以練就出一種匠藝。收集並組合面前的各種細節，熟悉常規後動身研究風格，走到某種程度後開始交朋結友。這都是蒙田從他人身上研究自己的隨筆命題了，而這也是當我們在閱讀散文時應該留意的精華：在遣詞造句時，有沒有側漏出來的訊息？

而社會學家齊美爾（Georg Simmel），也就是寫《心靈與形式》並被翻譯成嘗試文的盧卡奇的老師，是最早幾位分析時尚的學者之一。他將我們的精神需要分為兩種渴望，人渴求著特殊，這代表了一種動態，顯示想要表現自我的心理；除此以外，人卻又渴求著普遍，畢竟隨時隨地都顯得獨特是相當耗費心力的，而遵循常規有一種被引導的感覺，讓人獲得輕盈的安寧。生活就是普遍與特殊的競技場，兩者時而競爭，時而合作，而日子就這樣流淌過去了。我們甚至可以拿這個邏輯折返回去文學獎：文學獎會鼓勵特殊性，一如我們著重參賽者的風格，但文學獎也必然會鼓勵普遍，這能理解為所謂的基本功和文字水平段落結構。遊戲規則就是普遍與特殊的競技場，兩者時而競爭，時而合作，而獎項就這樣頒發出去了。

於是在特殊與普遍以外，齊美爾提供了對時尚最重要的貢獻：模仿。

人們通過他人的行為來提升自己，能夠把自己安放在堅實的基礎上，免卻於保持個性的困難。而時尚的本質就是劃界與模仿的周而復始。它一方面使既定社會圈子更加緊密，但隨時保持著分離的可能性，於是，時尚向鄰近的階級顯露自己。相隔甚遠的階級並不理解對方的細節，它們如若迷宮，敘事方式需要學習。這就是生活，齊美爾寫道，生活不斷地更新，持續地分離與組合，從而無窮無盡地生產，因此，「所有形式都被強加於生活，結果生活竭力去打破一切形式。」

回到數年前與我分享文學獎得獎祕訣的那位朋友上：他每次在投文學獎前，都會研究過往至少五屆得獎作品，揣摩這個獎的水平與規則。而這就是模仿，就是對特殊與普遍的研究了。在研究遊戲規則時，往往就是一個細節，一個logo，一個風格之差，一個地區之別，就分出了到底你是圈內還是圈外人。

憑著這些細節配件，我們得以如此同時描繪時尚與散文：在齊美爾眼中，這都總是處於過去與將來的分水嶺上，它帶給我們更為強烈的現在感。在蒙田眼中，人在比較當中認識自我，知道甚麼屬於自己，甚麼不屬於自己。人以獨特的品味、信念或際遇來建構自己的生活。至於在巴特眼裡，一個細節把不時尚的東西變成時尚，把不散文的東西變成散文，一個細節的代價並不高。通過這種特殊的語義技巧，文學遠離了奢華，彷彿進入了實際接近於中等預算的世界。與此同時，這種低價的細節以發現的名義昇華，分享著像是自由光榮等等的崇高觀念。細節體現了預算的民主，同時尊重了品味的貴族門第。

在巴特眼中，流行的意義無它，就只有流行的語言。而採用這套語言的，並非只有設計師的創意與故事，在他們背後的製造商、批發商、公關、記者、廣告公司、裁剪師、樣版師、工廠……這些部分整合起來，支持起一整個流行體系，一整套外人如墜霧裡的語言。這個產業判定了一個細節所反映的是時尚還是落伍。在體系的外緣，我們嘗試接近，並在網絡當中閱讀自己究竟身處何方。

布赫迪厄提醒我們，當我們要去觀看一個體系時，最重要的是去看在裡面的人們。尤其是當一個體系像時尚那樣，又或文學那樣，已經有一套運作與變形法則，讓爭奪正當性的團體都佔好位置時，他們之間的關係就已經拉扯出結構的張力了。而這種張力形成了慣性，塑造了規則，經過時間後就算這些規則並不符合經濟或道德邏輯，但也木已成舟。

回到黃錦樹所批判的市場自由主義與學院論文，「說穿了，學界、評論界、出版界、寫作界這整體的文學體制都有責任，都是共犯結構」，「有人說文學獎是今之舉業。這只說對了一小部分。今之舉業的核心，可是學院論文啊。自從文學評論被學術體制剔除後（因為文學刊物的文章不符『需送兩位外審匿名審查』，也不遵守嚴格的『學術格式』，沒有密密麻麻的註解，詳細的參考書目，中英文摘要關鍵詞，足夠多的學術廢話，不能計分），誰還願意為這種事情費心？」這些批判合理嗎？我認為是合理的。

但是核心是，文學其實如若齊美爾筆下的時尚：「在大部分情況下也是不合理、沒有根基的，它只是一種社會需要的產物，擁有隨意性。它有時候推崇合理，有時候又推崇古怪，有時候還會推崇跟物質與美學都毫無相干的事物，這證明了時尚對於現世生活的標準毫不在乎。」

這指向了布赫迪厄的斷言：沒有甚麼東西比文化秩序更為可靠了，人們身處在這種文化當中，就像身處在呼吸的空氣當中那般自然。直到出現某種重大危機以及隨即而來的批判，制度才有可能改變。也是黃錦樹的判斷：散文獎受到當代以市場自由主義為原則的文學體制的保護。有人寫，有人愛讀，有人出版，也不乏有文學獎評審支持。也因此，它更需要批判的清理。

而這種清理，首先需要的其實是外部資源，是《千高原》式的與其他機器連接，是諾思形容的，當大集團被組織起來推動改變，卻又沒有為成員們帶來排他性的收益時，他們將會趨於不穩定而解體。為了避免批判的清理與法制的修改導致散文解體，我們要讓資源變多。如果我們能夠尋找更多替換部件，讓我們漫遊城市，衣錦還鄉，讓我們採用 x=y 的格言思考。這樣，才有辦法穿透場域內在的邏輯幻象，還原被遮蓋的面目，將不合理與合理之處羅列出來，尋找一種批判與管理的方法。而這就像是觀察路上人們的細節，將時尚看成語言，一如將散文看成一種時尚。

19

一**次替換的嘗試：咖啡廳**。在城市散步時我總需要咖啡，無論是休息時坐在咖啡廳，還是行走時手上拿著一杯，我從高中開始為了考大學猛灌咖啡，其中一度以為喝到腸胃出了問題，結果經歷了幾年缺乏咖啡因的頹靡時刻。後來發現，原來只是喝奶會不舒服，我就放棄拿鐵（或者歐蕾或者卡布奇諾，那些沒人真的搞得懂的分類）猛灌美式（或者長黑或者冰滴諸如此類的玩意，為了避免咖啡愛好者連署燒書我不繼續下去了），如今已經是沒有咖啡因就沒法完全開機的狀態。咖啡，我的人體石油，外置電源，說故事的人所需要的火焰。

在我最初接觸咖啡廳的那段高中時光，其實不太順利。除了因為本來沒去過咖啡廳以外，在香港，無論是星巴克或其他連鎖咖啡廳，點餐都要用英文。哪有甚麼美式，是Americano，沒甚麼卡布奇諾，這是Cappuccino。聽起來如若咒語，我當年的英文能力排在全級倒數，唸起來就是American-no，實在是舉著美旗反美帝。最後我去星巴克都選擇菜單上最簡單的英文：Java Chip，一杯巧克力碎冰，這提神的效果低得可憐，還附送蛀牙加口臭。順帶一提，香港的Subway也得用英文點餐，於是我們就在那this this this and this，但我不吃美乃滋與番茄芥末醬，沒有辦法用no this來解決。

馬奎斯（García Márquez）在《百年孤寂》寫：那個世界是如此嶄新，

許多東西都還沒有命名，想要述說時還得用手去指。許多東西都還沒有命名，想要點餐時還得 this this this and this。在伸手點一杯咖啡時，其實我對於咖啡和咖啡廳的歷史都一無所知，那些外語究竟是義大利語、英語還是法語我也搞不清楚。然而這並不會影響我當下吸收人體石油時的充電效果，也絲毫不減身處在咖啡廳裡所產生的真實效果：它指向一種消費的口味。阿甘本指，品味是一種毋須了解，但可以享受的知識，它會帶來認識的快感。品味並不是一種理論或科學，而是對我們尚未了解的規則，進行迅速而細緻的應用。無論是咖啡還是咖啡廳，當然還有城市巷弄和流行時尚，都共享著這樣的特質。

寫《偉大的好所在》的歐登伯格（Ray Oldenburg）對咖啡廳情有獨鍾，

在他的眼裡，美國陷入了由第一和第二場所主導的局面。前者是指家庭，後者是指工作場合，人們要嘛在穩定可預期的環境中獲得庇護，要嘛在擔任生產角色時競爭與生存，缺少中間地帶。於是，他決定大力推廣第三場所，這泛指在家與工作場域以外的各種定期、自願、非正式、令人期待的公共空間。其實就是咖啡廳，他希望在每天泡在咖啡廳裡聊天打屁，實在是社交恐怖分子。

在桑內特筆下，十八世紀中期的巴黎或倫敦，路上的陌生人會毫不猶豫地走到你面前問東問西，抓住你的手臂以吸引注意。同樣的，在咖啡廳裡，歐登伯格希望你在買了咖啡後，在長桌邊坐下來，和素昧平生的人愉快地討論時事。聽起來相當不吸引，如果有這樣的咖啡廳我無論如何都絕對不會去，方圓一方里都像老闆的居所那樣列為禁區。

在歐登伯格和桑內特這些社會學家外加社交恐怖分子眼中，這樣的交流代表了自由平等，咖啡廳是一種中立地帶，讓人可以自由來去，沒有人被迫扮演主人，而人家都可以感覺到賓至如歸，自在安心。「第三場所重視業餘身分，因此也造就了交遊的樂趣。」而這正是城市空間複雜性的其中一種，總有未知的顧客出現在咖啡廳，總有變數。而咖啡廳到處也是信息，早在一六六三年已經有人在倫敦登報一則〈少女對咖啡提出控訴〉抱怨在咖啡廳裡找不到一刻安寧：「水壺、鏟子、勺子在水槽碰出噪聲，商人們在商量生產和交際，發出奇怪的嗡嗡聲，與啜飲咖啡，杯盞碰撞，拖椅子與大聲說話的背景音混合在一起。」換言之，這何只不是偉大的好所在，客人快要被吵死了。

閱讀咖啡和咖啡廳是種逆向的體驗，使用這兩者能夠振奮精神，但閱讀卻是削減精神的，平衡兩者此消彼長就像在打遊戲。桑內特將咖啡廳形容為一個在現代世界當中從聚會轉型為獨處的場所，從一九〇〇年左右開始，大部分的咖啡館空間已經不再使用老客棧或牛排館那種大桌，而是適合一兩人的小圓桌，或社交晚餐場合可容納三到四人的桌子。

「斯湯達爾（Stendhal）筆下的巴黎標示出一道分水嶺，那時的人開始覺得，他們走在大街上或坐在咖啡館裡有獨處的權利，自顧自地啜飲咖啡，沉浸在自己的思緒中。在公共場合，大家逐漸希望獲得寧靜的保護，不受陌生人的侵擾，至今仍是如此：在現代城市裡，陌生人之間的聯繫主要是透過視覺，而不是透過言語。」一如男人不再花枝招展地穿著浮誇的貴族衣服，轉移採用細節的展示，咖啡廳也減少大型聚會的面向，轉向招待小而精緻的社交．「現代都市生活的一個特色是，公共場所蒙上了一層安靜的面紗，使人不受陌生人的侵擾。小咖啡桌就是提供這種保護的擺設，只有你認識的人才會坐在你的桌邊（誠如和平咖啡〔Café de la Paix〕為新擺設所做的廣告：「一張適合您或友人的桌子」）。」這才對嘛，誰要去咖啡廳交朋結友。

從咖啡廳的歷史這裡，桑內特提到一段有趣的演變史，在一八四三年巴黎發明小便池以前，男人在公共場所的牆邊小便是司空見慣的事，雖然是說如今二〇二四的塞納河還是個大尿兜，奧運就跟生化恐襲一樣。但那是後話了。在小便池發明並廣泛安裝後，尿液可以輸送到地底的管道，而在公眾地方隨地排便逐漸變成一件丟人之事。這一來一往相互影響下，巴黎街頭的大小二便被清除了，戶外變得更適合社交，在香榭麗舍大道的露天咖啡廳從而隆重誕生。

桑內特與諾思共同描繪的是這樣一種現象：技術發展總是相互影響的，如果不是文藝復興時期已經累積了工程學、物理學和化學的知識水平，達文西（Leonardo da Vinci）就沒有辦法實現筆記本裡天馬行空的想像。也是因為光學已經發展出顯微鏡，巴斯德（Louis Pasteur）才有辦法成為立體化學的創始者與微生物學之父。同樣，因為地質學、經濟學、軍事學、精神分析等等學科的發展，德勒茲與瓜塔里才能寫出天書一樣的《千高原》，並用根莖將他們搜刮攫奪回來的學科碎片砸成一坨七百頁的板磚。雖然從這些學術巨人的肩膀上回來這個案例有點失敬，不過正是因為有了地下管道技術導致小便斗面世，拿破崙三世和奧斯曼男爵（Baron Georges-Eugène Haussmann）的大型都更建案，病理學與衛生技術，還有咖啡與咖啡廳文化從伊斯蘭世界傳入基督教歐洲，才共同建構了巴黎戶外咖啡廳的風景。

經濟學一直想搞懂這些相互影響是如何產生的，諾思將這些發展命名為知識與技術存量，這些存量可以定出我們生活的上限，然而卻沒有辦法決定在這些限度以內，人們會怎樣及多久才取得成功。經濟史相當好奇人類的合作與競爭如何推動發展，而桑內特持有更寬容的目光——因為生活沒有常規，為其建立模型和公式有助於理解動向，但沒有辦法窮盡一切。在《匠人》、《合作》與《棲居》這三部曲裡，桑內特反覆採用一個案例：十六世紀的冶金術的進步，代表工匠可以鑄造出更鋒利的手術刀，但是醫生一共花了八十年才想到怎麼利用這些小刀，比如不要像拿鈍劍那樣把病患當成豬肉那樣劈劈有餘，而是小心翼翼一點，至少等病人麻醉了才開砍。

一種工具或材料剛出現時，人們通常不知道該拿它怎麼辦，比如互聯網，比如AI。一切都通過反覆試驗才能找出方案，方案又被更新的方案推翻或整合。桑內特在《匠人》裡也提出了如若諾思的見解：知識是不斷添加累積與遞進建構的，以及偉大前人設下了參考體系或軌道，而水準較低的科學家依照這些體系和軌道運作。有點類如布魯姆處理文學史時提出《影響的焦慮》和《西方正典》的精神了，傳統扼殺新人的發展空間，而新人為了活下來又或超越前輩，比較弱的就跑去理想化前人，比較強的就將前人的東西佔為己有。

然而無論如何，有時當一個人站在巨人的肩膀上時，其實並不知道自己應該要做些甚麼，甚至可能並不知道自己正身處在哪些巨人之上。這要求太高了，就像即使摸索到了一些細節，也不一定能沿著這些敘事路線順利攀升或下降。就像黃宇軒《城市散步學》的判斷：你首先要認得路，才知道哪些是怪路，哪些是珍貴而稀有的路。更要命的是，這些巨人肩膀可能還是完全隨機的。

傅柯提醒我們，歷史不一定是連續的，它反而突顯了隨意的接駁與權力的延伸。我們時常被隨機性狂轟濫炸，身處其中卻不知它從何而來。比如深焙咖啡在如今的咖啡廳隨處可見，但它在五百年前非常依賴良好的器皿，否則高溫之下容易粉碎，唯有敘利亞附近的煉鋼技術能夠鑄造出鋼質烘烤盤，所以說在很偶然的情況下，烘焙技術從中東開始擴散，廣為流傳至今。傅柯讓我們專心去看的，不是這些東西源頭在哪，如何承傳，而是其中的斷裂、中斷、獨特性、描述、圖表等等。在這些相互作用當中，我們經常被細節伸手攔下，就這樣，我們還是記得了一些片段，一些隨機，建立了一張私密的網絡。

在連串的故事裡，我們憑著人體石油，可以啟程回到散文的世界。我一直把散文想像成咖啡廳，那就讓我們開始吧：在歐登伯格眼中，這代表了自由平等，是一種中立地帶，讓人可以自由來去。在桑內特和諾思眼中，知識與技術存量可以定出我們生活的上限，也是不斷添加累積與遞進建構的，然而卻沒有辦法決定在這些限度以內，人們會怎樣及多久才取得成功。比如說，到底咖啡廳為甚麼會在那段特定時期出現，又為何風靡西歐。又或，為何散文詭異地成為了文之餘，明明它的歷史源遠流長。至於在傅柯眼裡，重點不是這些東西源頭在哪，如何承傳，而是其中的斷裂、中斷、獨特性、描述、圖表等等。

黃錦樹讓我們看向現代世界：「現代生活裡的散文本來就很容易走向

小品文或美文，幾乎已經是散文的天然屬性。因為這些散文符合都市中產階級的審美需求，符合市場需要。」而散文不斷添加累積與遞進建構，卻總是隨機搭棚任意來去。一個巴特問題：一種文學體裁是從甚麼時候開始的？例如，當有人向我們談論首部小說的時候，它意味著甚麼？答案是：從隨機的斷裂開始。而散文從斷裂開始，以斷裂定義，並以斷裂結束。

關於斷裂與不知所起，將我們帶向了一個關於咖啡廳的故事上，並嘗試完成散步、時尚和咖啡廳的替換實驗。在一七三九年，一位腳力驚人的歷史學家威廉·梅特蘭（William Maitland）為了撰寫《倫敦史》，花了十一個月把倫敦的每一寸土地都踩了一腳。就我有限的知識，他是我目前唯一所知親自用腳對黃宇軒在《城市散步學》的「我們無法完全掌握一切路徑」作出反對的人。當然，根據他自己的描述，這項工作需要「不辭勞苦的態度」，還帶來「難以描述的痛苦」。畢竟他不是漫遊者，他是來工作的，可想而知如果他發現自己記錄過的店居然倒閉了，肯定會氣得當場升天見耶穌。在他驚人的統計下，當年的倫敦一共有五百五十一家咖啡廳。對於只有五十萬人口的倫敦來說，這數字算得上高了。

在梅特蘭用雙腳丈量城市之時，咖啡廳傳入西歐才不到百年歷史，在此以前只是聚集在伊斯坦堡、麥加、阿拉伯等伊斯蘭世界的異國文化，甚至沒有向東傳入中國。咖啡在十七世紀經由威尼斯進入倫敦時，恰好碰上了君主復辟的動蕩時期。這時是現代的初升時期，也是現代城市的搖籃階段，男人衣著華麗高談闊論商業冒險、科學知識、政治哲學等等。但在這裡最重要的，是咖啡逐漸取代了酒精。長久以來歐洲人一起床就灌酒的陋習被咖啡一腳踢到晚上去，而我們記得，文藝復興與現代的精神，就是清醒而理性地去理解，而不是醉醺醺地用《理想國》把人敲回洞穴裡。

這一切都是錯縱複雜的，從事後回看我們當然可以指出因為有某些原因，所以可以歸納出某些結果。然而當事人並不會知道他們正身處在多大的風暴當中，咖啡廳後來傳入巴黎時，高談闊論的人們不會知道自己正談出一場法國大革命來。就如醫生花了八十年來適應手術刀，咖啡廳用了一百年在西歐落地生根。知識存量決定了生活的上限，但在那之中的發展是隨機的，我們只能通過觀察細節來把握機會。

再把時間往前推一下，在一六六〇年一月一日，一位英國政治家皮普斯（Samuel Pepys）忽發奇想，決定開始寫日記。在那時候，他還不是政治家，才剛從劍橋畢業幾年而已，還因為膀胱結石做了幾年手術。不太順利地撐到一六五八年時，他在財政部擔任出納員。但他胸懷大志，這一點不只是桑塔格說的人會在日記裡發明自己的形象，我們看到皮普斯一連寫了十年的日記，到最後他覺得寫日記影響了他的視力才決定放棄。古代人就是古代人，我花三天就能掰出這個理由了。

皮普斯最初選擇去小酒吧，但到了第三年開始移師到咖啡廳去。原因無他，咖啡廳裡的人更為高貴，而小酒吧裡大多是鄉下人，而且喝酒會影響他工作。他夢想著「成為一名騎士，擁有自己的四輪大馬車」，在一六六三年，我們看見他在聖誕節跑去咖啡廳跟人們討論羅馬帝國史，隔一個星期再去跟別人談雙體帆船，然後跟商人和官員聊天。他在咖啡廳裡察言觀色，用細節去推斷一個人值不值得交往，如若巴爾札克的教導，只要新來者摸索分析現實的小片段，就能習得城市的生存之道。比如當皮普斯偶遇東方公司的幾個商人時，他正急於學習倫敦的商務形式，馬上就與他們在咖啡廳交上朋友。

在學習到知識後，他的工作形式產生了變化，從記錄通訊搖身一變擔任談判員，還有權簽訂合約。咖啡廳的隨機性讓皮普斯日漸發財，並在官場建立更深厚的關係後，他漸漸減少去特定場所交友結友，到了一六六五年，在倫敦瘟疫爆發以前，他已經不再前往咖啡廳了。

在收集整理這些歷史故事的碎片，並從碎片之間來回漫遊之時，阿多諾與桑內特都提醒了我們：無論是一切只不過是片段，又或一切都可能只是隨機，我們在理解故事的細節時，都彷彿一種故事的合著者。桑內特寫道：「一個接一個的場景以看似隨機的方式累積起來，我們的行走知識正在創造一幅拼貼的圖像。」當我們將這些隨機的碎片收集起來，並且進行迅速而細緻的應用時，也許並不需要知道它確切的源頭，而是要去看那個最顯眼的斷裂點，以及能夠擠身而進的空隙，一如以上提及的各個登場人物。

這讓我們回到歐登伯格的圖景：當我們不為目的，純粹只為樂趣、快活、輕鬆而聚集在一個地方時，每個人都可以脫離目的、責任與角色，這是一個最為**民主的體驗**。或是巴特：低價的細節以發現的名義昇華，分享著像是自由光榮等等的崇高觀念。**細節體現了預算的民主**，同時尊重了品味的貴族門第。或是黃宇軒：將城市看成一部電影，我們也是編劇。這在最基礎的程度上**體現了一種參與的民主**。

與此同時，我們有辦法把事情換句話再說一次：我們手上的東西作為看似不重要的歧岔，一些你以為只是虛應敷衍的過渡，到後來反而致命性地影響了你一輩子的性格。當我們推開一扇平平無奇的門，門後是地下通道，走到盡頭時，居然跨越上百年的現代史，抵達了巴特：「這件作品沿著兩個動作往前連續發展：一個是**直線**（不斷往前，不斷增長，堅持一個概念、一個姿態、一種品味，以及一個形象）。另一個是**鋸齒形曲線**（相反位置反向前進，互相對立，反作用，否定，來回行走，成Z字形行進，Z便是偏離運動的字形）。」

散文史是呈Z字形的，隨時替換擴增。而這件作品沿著兩個動作往前連續發展：一個是片段，另一個是隨機。兩者互相尋找共同的部件，進行替換，嘗試丈量出世界當中那些可以掌握的部分，如若城市漫遊者反覆地漫步遊蕩，逐漸學會採取行動，挑選路徑與細節，從而學習與他人分享。

20

一次替換的嘗試：隨筆。在《痞狗》完稿出版後，我在內心裡隱隱然有一種事情還沒做完的感覺，這兩年來，我過著像人腦塞進了攪拌機的生活，盡皆焦慮，盡皆過火。新的城市，新的交際，新的知識，每天都活得像解謎遊戲。不想靠經驗和時間來試誤的我決定在書裡尋找生活的解決方案，把工作辭掉後天天躺在家中，硬啃一堆社會學經濟學歷史學。最近才看到社群上有人說，長大後才發現，小時候看著身邊的大人都覺得他們胸有成竹，其實只不過是擁有大人身軀的一群小孩而已。

我三十歲了，作為職場與學院的逃兵，幾乎無處可退，只能躺在沙發上寫這本書，伸出一根占卜棍嘗試丈量世界。夏天的尾巴快要結束了，秋冬我將會再次動身，換上一身衣服到外頭無所事事地散步一整季，泡在咖啡廳和酒吧裡亂聊一通。為免陷入那樣的境地，我要試著將這一切先行封箱裝進名為散文的容器裡，讓我明年始終可以說一句，自己即將在這本散文所重述的時間裡重生。

寫《隨筆主義》的布萊恩．狄倫對苦苦掙扎情有獨鍾，甚至將這定義為隨筆的一種氣質。在二十歲的某天，離開家鄉都柏林的不久以前，他兩個最好的朋友約他出來跟他說：你怎麼把自己活成一坨壓抑還帶攻擊性的狗屎了。他早知道自己終有一天會毀掉，然而憂鬱始終是他最害怕的疾病——一個帶走他母親的疾病——還奪去了他所有的生產力。在這個無業，缺錢，消瘦，臉如死灰的夏末，他終於去了大學的醫療中心，答案也呼之欲出：中度憂鬱。

在持續幾個月的失眠失能狀態下，二十八歲的他連爬上大學的斜坡都有困難，還因為無業而陷入貧困。他啃巧克力度日，房東在門口咆哮，還因病破壞了各種人際關係。大約在這段時間裡，他開始使用「隨筆」這個詞，專門用來抱怨學術界形式僵硬機會稀少，儘管他拒絕好好去讀文獻，每天在那邊翻電腦雜誌。千言萬語終歸一句：天這根本是我。

然而就在此時，在極度混亂如若廢墟的生活狀態裡，狄倫忽然對憂鬱症產生興趣，這算是一種變形的「認識你自己」了。在讀過克里斯蒂娃與蕭沆的文章後，當然還有巴特，作為萬能鑰匙與萬靈丹的巴特，優雅遊戲而不失殘忍的巴特，這些隨筆給予了他力量與勇氣。狄倫的說法是：「既然我本來就在攻讀英國文學博士學位，那麼研究憂鬱書寫就理所當然了。」綜上所述，勸世宣言就是：珍惜生命，切勿讀博。而隨筆作為裝載憂鬱的容器，恰恰好可以承載他在生活的湖面上平順渡過。

在狄倫眼中，隨筆是一個紛亂龐雜的巨大貨櫃碼頭，就連定義也相當困難。它可以有一張改稿的沙發；一堆寫作的習慣；一些關於散文的散文，一群寫作者身旁的職人；一篇業配的郵輪遊記，小心翼翼地維持不滿；一些關於文學獎的回憶，患得患失地把「徹底放棄寫作」掛在嘴邊；一系列關於高中生的考試答題技巧；關於源頭，源頭的源頭；關於流變，流變的流變；打包去旅行的清單；十六歲考上頂尖大學的心高氣傲；喜歡與不喜歡的羅列；一座無法窮盡的城市，散步作為一種娛樂；一些無法理解的衣著服飾，隱藏在後方的時尚流行；一家不知從何而來的咖啡廳，被迅速而細緻地應用；一群年輕作家在地下室的聚會；令人焦慮的上司與難以合作的專家；真實的散文與散文的真實；往內挖掘的自我騙局；邊界與邊境；理論的民主；箭筒；手勢；一種療傷的過程，書寫隨筆作為解開心結的嘗試。諸如此類，但清單的意義就是在於不要寫下諸如此類。

狄倫將隨筆形容為一種難以定義的形式，就連名字也應該是一種努力，一次嘗試，一場試驗，無論是推測也好，犯險也罷，隨之而來的很可能還是失敗。但狄倫讓我們去想像隨筆從災難裡拯救出來，並在形式、風格、質料層面上實現的成就。隨筆將堅實的論點與敘事轉變為孤立的突出點，如若格言般閃爍著光芒，並構成了作品的一個群島，各種碎片沉積，形成潮流，淺灘與魚群，流淌的節奏時而宏偉權威，時而熱情迸發，時而緩慢精確，時而疼痛愉悅，時而猶豫脆弱，時而殘酷專橫。隨筆是以上所有動作與氣質的混合與集合。

在諸多隨筆當中，他特別強調的是一種救災的面向：「『我喜歡你的風格』的意思是，親愛的人類，我欽佩你從疾病、痛苦與瘋狂裡奪不顧身地奪回的一切。」他帶領我們前往艾略特（T. S. Eliot）的《荒原》：「以這些片斷我支撐了自己的廢墟。」狄倫的轉譯是：而這些碎片盡是我在確知自己即將走入廢墟時所寫下的，這就是我所擁有的一切了。

狄倫帶領我們回到現代初升的散文時刻，在那以前，許多古代的作品都成了斷片殘章，而許多現代作品在剛誕生之時就已是碎片了。從傳承的角度看去，即使古代的偉大作品有時只能局部流傳，有些像亞里士多德的《喜劇》和儒家的《樂》都沒有撐過時間的考驗而散佚，於是，碎片暗示我們的，是它周圍其實依然存在著大量的內容，等候我們的推測與對話。

「寫得恰到好處的文章就如蜘蛛網，緊實透明，如同心圓，織得合宜而堅固。它們會吸引空中的所有生物，匆匆掠過的隱喻會成為獵物，而主題也會展翅向其飛去。」阿多諾的這段話回到一個常見的文字遊戲，也就是文本（text）的詞源是拉丁語的網絡（textum），而巴特也將它聯繫到織物（tissu），又如駱以軍筆下的故事以一種神祕的織法連繫在一塊。而狄倫沿著這些意象往前一步，當我們說一個編織良好的文本像網絡時，也意味著它是一個暫時的陷阱，一種手段，一段過程，一件工具，而不是一份完整的作品。無論陷阱多麼有效，如何堅固，時日仍會流逝，我們最終還是需要在其他地方再布置一個。與此同時，我們相信在其他地方，也可能曾有他人布置過一個。

狄倫與阿多諾共同描繪的是這樣一種隨筆形象：試探以及假設，並為思考、寫作與生活習慣劃下一條明確的邊界。這個文類必須是異質而特殊的，但多樣性與包容並不代表它缺乏形狀，儘管博學與知識是隨筆經常承載的內容，它也必須被寫作的魔力與保險絲栓在一起，以防說教和論據過於突出，撕裂了結構的表面。伍德也指出了，文學的形式儘管寬廣而繁多，卻也有某種否定的力量，讓我們看到事情止於何處。形式在藝術作品周圍設下一道近乎神聖的邊界，在這裡面，作家賦予他所選定的意義。

然而無論如何，隨筆固有一種焦慮與脆弱，畢竟它背離的是宏大道統的正典，也並非文學史鼓勵的敘事。「究竟在這種堅持於轉瞬即逝，擴散分布和曇花一現的文類想寫甚麼？有時我覺得，自己就像在用這些小小的任務來填滿時間，這樣時間就似乎會流逝得更慢一點。」

當我們打開電腦裡的那個資料夾時——每個人都有一個「那個」資料夾——裡頭有多少沒有完成的計畫，多少不能用的概念，無法見光的初稿，令人尷尬的少作。片段有過多細節，過多冗餘，過多未知，過多不安，而我們唯一能夠處理的方法，只能是將它定義為一個存檔點。狄倫的那個名為大寫的評論（REVIEW），在這十六年來，他寫了一千一百七十四篇，平均每年七十三篇，裡頭有文章、訪談、專題、人物專訪和預告。「我安慰自己，如果每篇文章平均都有幾百字，那我在這些短暫的能量爆發裡也快累積到上百萬字了，這讓我出版的書籍顯得微不足道。我從這個事實上獲得了一種愚蠢的驕傲，無論是好是壞，我都似乎是那種將量化生產視為價值的作家。在文學上，這不是一件相當值得尊重的事，這都表明了作者是個庸才冒牌貨。」

然而這又如何呢，狄倫將焦慮與憂鬱化為一種動力，一如桑塔格將日記當成一個重生的存檔點，這是確切知道自己一步一腳印地遠離災難的最佳明證。大衛．福斯特．華萊士將憂鬱稱為壞東西（Bad Thing），而狄倫的寫作，就是能夠回憶甚至沉溺於壞東西的地方，用以預防它一再回來。一個檔案就如若一個片段與計畫，如若蒂蒂安那張可以不假思索地打包出發的清單：「很明顯地，這是一份由重視控制和渴望進展，還決心扮演好自己角色的人擬出來的清單。這弄得好像她有份劇本，聽得到指令還知道劇情那樣。」而狄倫總是通過寫作來穩定自我：

這一次，我試圖比過往更努力地寫作，來遏止壞東西的出現。我曾經，如今也是，相當幸運地不缺工作量，儘管我沒有辦法擺脫自由接案的日子隨時都會崩塌的想法，但眼前總有工作要做，讓我可以遠離那些陰暗的想法。然而，總是有些時刻，寫作無法安撫我的焦慮，也無法用疲憊來壓制那些煩人的想法。我不認為我寫作的形式或內容能夠在真實或有趣的層面上與這個世界產生共鳴，在靈感河涸海乾之時，你能做甚麼呢？作家能做甚麼呢？更慘的是，不只是你作為作者的自我虛弱了，連那個用以支撐它的脆弱的「我」也衰退了。你曾經以為，儘管在生活和書本上都有反面證據，但這個「我」還能通過寫作和閱讀來滋養。

積習難改，狄倫在困頓之時再次在夜裡在書架上拿出隨筆來讀，試圖尋找一座迷途可返的燈塔，他感到自身隨時可能會在微風中消失，在抽象的不安裡隨風而去。然而，當事情真正陷入困境，而精神狀態從陰暗轉為混亂時，他再也無法閱讀了。但就像奇蹟那樣，他依然在寫作。而寫作又反過來地，讓他有辦法回去閱讀。他一再出發，回到他所熟悉的文本，他的網絡，他的廢墟——乾燥的平原延伸在背後，至少我該把自己的國土收拾了／以這些片斷我支撐了自己的廢墟，那麼就照你的意思吧。

在收集整理這些隨筆碎片，並在碎片之間來回漫遊之時，狄倫回歸到了理論：「如今我理解為甚麼理論會那麼吸引到年輕的我了，又或者說，吸引到一個男孩，一個在五年內接連失去雙親的男孩。那些寫作並不只是確認了災難是真實而普遍的，甚至還發生在語言最微小的層次上，而是，災難是可以被扭轉的。」還有散文，一個獨立在外的文類，無序又自由，卻充滿了嶄新而異質的面向與元素，形式與內容，它將各種各樣的可能性編織成前所未見的奇特組合。

這種組合與嘗試，就是把事情換句話再講一次：在隨筆裡度過嘗試與探索的時間，都是一件好玩的事。當我們推開一扇平平無奇的門，門後是地下通道，走到盡頭時，居然跨越上百年的現代史，抵達了阿多諾：「對於隨筆的慣見批評是，它是片段化和隨機的。這種批評假定了有一種整體性的存在，從而假定了主體與客體的同一性，並且暗示了人類可以控制整體。但是，隨筆的願望並不是從短暫裡尋找與過濾出永恆，相反，它更願意使短暫成為永恆。」

21

一次替換的嘗試：冗餘。我總是無法充分理解眼前的一切：文學、文學獎、文學體系、城市、時尚、咖啡廳。就連自己，我也並不理解，有時無意識說出的一句話，也會讓我暗自吃驚，這是我想說的嗎？重讀受採時被採訪者摘錄的句子，我也不禁懷疑，我想到出了這樣的東西嗎？

那是一種陌生感，而我長期被這種感覺炙熱地圍繞著，也許將會一直持續下去，直到生命結束。那就好像有一些甚麼東西——精神分析般地——通過了我表達出來，另一方面，世界又通過了我，卻無法讓我理解它究竟是甚麼東西。桑塔格形容的散文特徵：作家自我和日常自我存在著一道巨大的鴻溝，而散文通常聚焦在兩者之間失敗的溝通過程。每當溝通失敗時，我就更用力地去看，去吸收，去閱讀，去學習。我相信一切背後總有意義，總有體系，總有邏輯，總有解釋。

黃宇軒寫道，城市裡總會有不明所以的符號，不是每個細節都能夠被輕易理解。有時它只是橫躺在那，不伸手邀請你停步，也不特殊得吸引你的視線。他嘗試連結到文學：有些電影或小說裡會書寫一種橋段，講述城市裡突然出現一個不明所以的符號，勾起主角（通常是個偵探）的興趣，繼而追尋背後的原因。但問題始終是發生了甚麼事？為甚麼？將會發生甚麼？

不明所以的細節不只困擾電影裡的偵探，有時還讓評論家一頭霧水。

曾經自信滿滿地寫下「批評的第一個制約就是要將作品中的一切都看成有意義」的巴特，被福樓拜的一個小細節攔了下來。在小說《簡單的心》裡，一個房間有「八張紅木椅子擺成一排靠在塗成白色的護牆板上，晴雨表下有一架鋼琴，堆滿箱子和紙盒」。這段簡單描述在巴特眼中，幾乎是一家琳琅滿目的百貨公司了。他形容，鋼琴在那裡代表了資產階級的地位，箱子和紙盒暗示了混亂的狀況。

但晴雨表呢？這東西沒有說明任何意義，「既非格格不入，又談不上醒目」。它顯然是一種無關痛癢的細節，如若百貨公司電梯前的縫隙，我們知道它存在，我們也知道它為甚麼存在，但它在小說裡被形容出來，一點用都沒有。巴特近乎賭氣地想要放棄這個細節，但機智如他絕對不會放棄將這種小東西翻轉過來的機會，於是他說，晴雨表代表的是一種現實的效果。它有現實的氛圍。

巴特形容，像晴雨表這樣的東西可以跟其他一百種東西互換，而寫實主義是由隨意的標記所編制而成的人造組織。無論是晴雨表也好，紅木椅子也好，白色護牆板也好，它們躺在那裡，都是作者用來表示「這是真的」，後面是有意義的，相信我的世界吧。

這個主張揭示了巴特對於寫實主義最核心的敵意：一切細節只是為了建構一種寫實的效果，近乎是幻覺了。晴雨表不像鋼琴，不像箱子盒子，它的用處只不過為了表示一下這個房間是真實的。而巴特教我們應該去看事物的符號，而不是事物的意義。符號本身就是意義，這是他嘗試徹底絕殺寫實主義的技術。

這是一種近乎無敵的論述，日後只要看到一篇文章裡出現不知如何解釋的細節，就說「這是為了逼真」就萬事大吉了。又如在城市裡看到隱蔽角落的單張、一個繫在橋上的鐵鎖、一些工人栓在欄杆的工具，要是不知如何理解，就說一句：啊，這就是城市。這似乎只解釋了一件事：也許不要強行解釋一切比較好。

伍德曾經為巴特的晴雨表提供了一個解釋，這戶人家大概是中產階級，而非上層；有一點循規蹈矩；晴雨表永遠是不準的，而這戶人家住在需要晴雨表的地方，如果他們住在他媽的台北，每天都落狗屎午後雷陣雨，哪需要甚麼晴雨表。

但他並不是為細節的有用或無用辯護，這樣有點落入巴特的陷阱了，他強調的是，無關或過剩的細節的存在，本身就是為了標記它的無法解釋。「它告訴我們的，並不是傳統意義上的無關緊要，也不是在形式上我們可以任意為之，而是要告訴我們**現實本身的無關緊要**。」他寫道：「生活中永遠難免有一些過剩，有一些無緣無故，生活給我們的永遠比我們所需的更多：更多東西，更多印象，更多記憶，更多習慣，更多言語，更多幸福，更多不幸。」

生活裡的過剩碎片狂轟濫炸，如若我們在城市裡散步時，經常被細節伸手攔下，一個諧音梗的店名，一張路燈上不明所以的貼紙，一幅畫得不怎麼樣的塗鴉，一個臭氣熏天的轉角，就這樣，我們記得了一個地方，建立了一段私密的關係。這就是段義孚的迷宮了，透過反覆地漫步遊蕩，我們逐漸學會採取某些行動，挑選可以指引我們的路徑。路上總有地標，總有細節，總有冗餘而不知為何的組件，但我們將之組合起來，成為專屬於自己的路線標記。

也許這樣說吧，後來即使再看到無法理解的事物，儘管我依然去看，去閱讀，去理解。但有時也不得不屈服：這玩意與當刻的我，一點關係都沒有。我可以把它攔截下來日後再用，然而要我馬上理解，那就可免則免了。我原本手上有的遊戲，已經足夠讓我抵達這輩子都無法企及的遠方。四野八荒。總有一天它們接駁到我手上時，意義就會如若一個細節，如若一個時尚符號，豁然開朗地翻譯進來。

巴特的〈作者的死亡〉與桑塔格〈反詮釋〉都在講述著同一件事，桑塔格寫道，對於藝術而言，詮釋就意味著從完整的作品裡抽取出一套元素，例如X、Y、Z，如此類推。「詮釋工作實際上是某種翻譯。詮釋者說：瞧！你沒看出X其實是——或其實意味著——A？Y其實是B？Z其實是C？」在她眼中，詮釋者並不是在消除或改寫文本，而是在改變文本，是為了讓**那個**世界，改變成**這個**世界。

在巴特這裡，去理解世界的能力就是混合各種各樣的書寫，但他自己也早就知道——就算對於福樓拜和寫實主義時忽然腦袋打結——世界是無法被完全理解的。因為我們仰賴的從頭到尾都是語言，都是詞彙，而「生活從來就只是效仿書本，而書本本身也僅僅是一種符號織物，這是一種迷惘而又無限遠隔的事物。」

只要出現改變，只要出現混合，就必然會產生冗餘。而當我們去解釋冗餘時，就沒有完美，沒有徹底。但是隨筆，正是提醒我們儘管面對落差與縫隙，也可以進行嘗試。我們用片斷支撐了自己的廢墟，織一個暫時的陷阱，捕捉足夠的獵物。比起氣勢磅礴地宣言要詮釋整個世界，這家溫暖怡人的咖啡廳更為舒服。以桑塔格形容巴特的話來說，這裡本來，也應該是，間接、遊戲、優雅的地方。而生活本來就應該接受冗餘。

22

也許替換的嘗試可以一直延伸下去，從散步到旅行，從時尚到藝術，從咖啡廳到酒吧——《千高原》告訴過我們訣竅了，為了論證一個論點，可以上天入地從狼群寫到黑洞，從受虐狂寫到巫術。尤其這完全符合一種收集癖，如若班雅明的夢想：完全由引文和精心編纂的一大捆重述所構成的一本批評著作。

我偏愛伍德在《小說機杼》出版十周年時所寫的新版序言裡的一段：「我特意讓自己和讀者都陷入引文的漩渦、一頁又一頁的例子。用意不是為了唬人，而是為了展示、展示、展示；為了榮耀那個批評的理念，即批評的藝術中，最重要的就是激情洋溢的重述；為了一遍又一遍對讀者說：『看這裡！是這樣的！或者這樣，或者這樣……』」

引言其實一直都在說服我們同一件事：作者並不孤單，我們並沒有孤立在外，也並非難以靠近。引言打開的圖像是世界有許多可以替換的部件，時常都看似是不同的術語講著類似的事物。布赫迪厄在殘忍的《藝術的法則》說，在嘗試理解世界時，總有一種「這個只不過就是那個」的一種愉悅，來自摧毀偏見。這種愉悅是無法抗拒的誘惑。當然，他覺得這樣是在看清事實的真面目。而這邏輯其實就是分析格言的施勒格爾：機智的想法就像是兩個友好的思想在突然之間久別重逢。又或桑塔格：X其實是A，Y其實是B，Z其實是C。又或巴特：時尚就是形容時尚的語言。

這其實是一種擴展工程，是《千高原》所執著的核心。貪婪饑渴的兩位作者也不忘佯裝謙虛地提醒我們，作為一本書，它自身只與其他配置所連接。他們請我們不要再試圖在一本書裡理解甚麼（說得好像有誰能讀懂《千高原》一樣），而是要去追問，到底這本書通過了甚麼東西而展開運作，在跟甚麼東西的關聯之中傳播了強度。

一本書只有通過外部才能存在，因此，一本書本身就是一部小型的文學機器，為了運轉就能夠或必須與其他機器連接：「一本由不同章節構成的書擁有頂點和終結點，相反，對於由高原——這些高原之間如大腦那般通過微裂隙而彼此互通——所形成的書又發生了甚麼呢？我們將任何這樣的多元體稱為『高原』：它可以通過淺層的地下莖與其他的多元體相連接，從而形成並拓展一個根莖。我們將這本書當成一個根莖來寫。它由高原構成。一座高原始終是處於中間，既不是開端也不是終點。我們給予它一種循環的形式，每個早上醒來，我們都會自問，將登上哪座高原，在這裡寫下五行，在別處又寫下十行。我們已經形成了收斂之圓。每座高原都可以從任意位置出發被閱讀，而且也可以與任意其他的高原建立關聯。」

然而如若一切都可以任意與其他東西建立關係，而且順理成章，我也願意再重申一次：我總想像一種如若咖啡廳的散文，人來人往，有熟有生，有老有嫩，各種性別，各種階級，坐著分享生活與經驗，見解與推論，興之所至，也說些以不至於頭痛為度的道理罷。也有冷嘲，也有警句罷，既有滑稽，也有感憤。在散文的形式庇護下，我們得以從火堆前抱回一個專屬自己的故事碎片。

即使學科與專業之間存在差異，我也總是在想，其實許多時候的糾紛都只是因為角度不同的人沒辦法好好坐下來交流，連一杯咖啡的時間成本都沒有讓給對方。又或事先否認了對方能帶來的效益，並視為零和遊戲的敵人。我們其實隨時隨地都可以在島與島之間降下一條吊橋，嘗試打開城門迎來一次交流的風暴，並觀察邊境上的碰撞能迸發出如何的生機。「我的書應該被視為朝外的一副工具，如果不適合，那您就去找其他眼鏡，找到屬於您的工具。」又有甚麼工具比散文更適合作為一條朝外的大街？它作為基礎、剩餘、彈性材質，本來就是一隻待握的手掌。

一隻持續在編織的手掌，一個文本。我們再次回到同一個文字遊戲上：文本（text）的詞源是拉丁語的網絡（textum），而巴特將它聯繫到織物（tissu）與編織（tresse）。編織與纏繞的拉丁詞根是Plectere，它彎折兜轉的東西糾結交錯在一起，最後抵達了複雜——Complexity——解構拆卸一項複雜的事物是沒有辦法讓我們看到全貌的。所謂的複雜，其實就是每一個截面、每一幅漂浮的畫面，描述它們時刻所動用的細節，其實彼此之間，以一種神祕的織法連繫在一塊。

次子的悲劇意識在於，敘事者在死亡面前絕不饜足，儘管他無法抵禦大限的到來，依然對抗命運折返回去，在每個可以取得的細節裡撈取生命的剩餘。而我們，即使不是小說角色，都始終活在一個閉合的圓環裡，從出生直到結束。小說是一個讓人看見角色死亡的特權場所，通過這個特權，我們也會面臨屬於自己的結局。我們去辨認這個就是那個，擴展與肯定自己的故事，去攫奪，去建構。然而還是小說輕輕地提醒我們，儘管高原以外仍有高原，翻過一座山後仍有下一座山，故事仍然需要結束。死亡會堂而皇之地騎著馬來，打一個結束的手勢，對一切砸下安靜的休止符。那是德勒茲和瓜塔里所不願意承認的，只是很可惜地，這就是文學的核心：**有嘗試，就會有結束**。

伍德，還是伍德，那個拒絕屈服於巴特真實效果的異見分子，為我們帶來過剩生活的拾荒者，從小說的技術裡，提醒了我們關於文學最終極的唏噓：

> 而文學的形式，盡管寬廣而繁多，卻也有某種否定的力量。它給我們看事情**止於何處**。它在藝術作品周圍設下一道近乎神聖的邊界，然後說：「這與世界的訴求不同，這並非世界。這個空間總是要求某種程度的陌生、疏遠、服從和意義。」形式吸納了世界，但最終有能力抵抗世界，它美妙地自成一體。亨利·詹姆斯說，現實世界裡，人際關係沒有盡頭。他還說，「藝術家的永恆問題是畫下一個圈，讓這種關

係看上去止步於圈內。」形式最重要的功用，便是**停止**無限的枝蔓。在人為的界限裡，一切都獲得了存在的正當性，在魔法的圓圈裡，一切都注入了選定的意義。

從這裡開始，我們尋找到一份更讓人安心的傳單，一帖鎮痛藥劑，一杯冰涼啤酒，一張柔軟沙發：散文。散文告訴我們的事情別無其他，選定的意義並不可恥，因為在這一切當中，全都是我們可以伸手選定的意義。我們從誕生那一刻開始就是碎片，再如何擴張攫奪，如何恐懼故事結束，死亡就在那裡等候舉辦最後一場禮拜。但是，一塊碎片可以與另外一塊碎片可以共振，隨機可以疊加隨機，片段可以衍生片段，跨越時間與穿透空間。是散文敲響了第二次鐘聲：事情止步於此，但絕不可惜。

創造真實

23

今年初春的時候，我參加了一場活動，有六位與我年齡相仿的作家在差不多時間內出了書。既然冥冥之中時間相若，不如搞一場聯合發布會。活動辦在一家古物店的地下室，頗有十七世紀西歐咖啡廳作為文化聚會兼革命基地的氣氛。我迷信地思索著只要靠近他們，也許可以沾些靈光回家，躺下來能在腦海裡多擠出兩個小段落也好。

他們身後有一個小小的螢幕，一些由主持人事先準備好的問題：影響你最深的一本書？讀大學時的經驗？怎麼認識彼此？那些經驗與情感的堆疊，幾乎是六篇流暢的散文了。而在那之中，有一條問題尖銳地歧出，像影片看到半途跳出一條廣告，暴力地攫取了所有注意力：**你會給身邊的人看你的初稿嗎**？這是一種就算事先準備也會尷尬的問題，有作家的伴侶在場，有的不在場（恭喜他逃過一劫），有些伴侶不會看，有些伴侶有空才看，有些看不懂……地下室除了昏暗以外，溫度也不算相當暖和。我從尷尬的氣氛退卻到內心的領地，仔細想想，這個問題其實指向非常重要的核心，又或者說，它可以說是文學生產的基礎氣質了。

似乎寫作這種行為，也就是在稿紙上無中生有之時，並不要求別人在場，有些作家甚至拒斥他人在附近，這種氣質可以直接被稱為孤獨，又或覺得可能會被別人沾走靈光（像沾醬汁那樣）。回到《巴黎評論》的繁星當中，海明威在寫作時必須保持節奏，電話和訪客都會妨礙他的寫作。村上春樹在寫第一本書時，是在午夜後的廚房桌子上獨自寫了十個月。卡佛在門上掛了個「謝絕探訪」木牌，還把電話線拔掉。奧斯特大部分時間都獨自一人坐在房間裡寫書，這樣他**快樂得很**。

一般而言，他們不把打字員當成讀者（那個手寫給別人打稿的年代，我想都不敢想），只是一台機器，一個程序。然而，當他們到了初稿階段時，都進入了一種奇異的合作模式。村上春樹從來不把正在寫的作品給別人看，除了妻子，她是他的合作伙伴，是第一讀者。卡佛會寫到第四、五稿時給他的第二任妻子泰絲．葛拉赫（Tess Gallagher），之後她會讀到他的每一稿：「我已將三本書獻給她了，這不僅僅是一種愛的象徵，也表達了我對她極度敬重，並承認她給予我的靈感與幫助。」至於奧斯特也讓第二任妻子希莉．哈斯特維特（Siri Hustvedt）讀他的稿件，他用朗讀的給她讀二、三十頁，截至他接受訪問時，她已經聽了二十二年。與此同時，他也會讀她的作品：「她怎麼對我，我就怎麼幫她。作家都需要有個信得過的讀者——這人對你的工作感同身受，而且希望作品能夠盡善盡美。但是你必須誠實，那是最基本的要求。不說謊，不會假裝鼓勵，不會讚揚那些你覺得不值得表揚的東西。」還有孤僻的海明威，他稱讚編輯麥克斯威爾．柏金斯（Maxwel Perkins）的理由是，因為他從來沒要求海明威改寫。至於其他作家，海明威會避免來往，因為跟他們泡在咖啡廳聊天打屁有點虛耗光陰，而且壓縮了寫作時間。

匡靈秀在《黃色臉孔》裡寫了一個懷舊的段落：「我已經很久沒有把寫作想成是一種團體活動了。我認識所有出過書的作家，對他們的寫作行程表、預付金數目、銷售數字都保密到家，痛恨洩漏任何有關自身職業生涯軌跡的資訊，以防其他人揭他們的底，他們甚至更討厭分享進行中作品的細節，擔心某個人會偷走他們的主意，並先一步出版。這跟我大學時代實在是天壤之別，雅典娜和我以前深夜時會跟同學聚在圖書館的桌邊，聊著各種比喻、角色發展、情節轉折，直到我再也無法分辨，我的故事是在何處結束，而他們的故事又是從何處開始的。」

我對這種舊日時光沒有印象，對於集體的寫作也沒有任何甜蜜的回憶。大四時我跟友人在學校搞了一本雜誌，不知道腦袋被門夾了還是酒精中毒產生幻覺，居然通過了集體寫一本小說集的提案。結果可想而知，在那期雜誌的會議期間我們全都沒甚麼好臉色，回家後傳訊息也是顧左右而言他，最後這期雜誌只存在鐵腕獨裁者與失落的背影兩種形象。最後我們的成果釘成一本，連提都不想提起它。

這或多或少也算是影響的焦慮吧，不只前輩，還有同輩，而且為了防止讓別人影響創作，首先還會豎起拒馬般的惡意。但本質上，文學創作確實是專屬自己的事，要在雜誌社開會討論自己的小說初稿通不通過也非常強人所難。寫作首先是自己與自己的對話，尤其是散文，是將自己垂釣勾引出來的文類。狄倫寫道：這些片段全是我在確知自己即將走入廢墟時寫下的，這就是我所擁有的一切了。這雜誌社要給同事讀小說初稿，難怪這些碎片會成為廢墟。艾略特《荒原》的最後一節有著開會時最常說的話：「那麼就照你的意思吧。」

前景如此浪漫，一種廢土英雄似的形象，以致背景中的人群面目模糊。但是一本書沒有編輯和出版社又如何出版呢，在編輯和作家之間安插第一讀者，是一種怎樣的心態與需要？第一讀者不一定是為了編輯專業存在，是為了尊嚴嗎？然而體系，一個互相輸送養分的體系，一個讓作家支撐與被支撐的地方，在這裡忽然被「你會給身邊的人看你的初稿嗎」召喚浮面了——為甚麼不選擇專業而選擇親近？這是一種用人唯親嗎？

桑內特在研究匠人時，分享了人類的一種特殊狀態：投入。海明威在清早起床後，就踩著拖鞋全神貫注地站在寫字板前，唯有將重心從一隻腳換到另一隻腳時，才會挪動一下身體，每天都寫，**以防自欺欺人**。卡佛一旦進入寫作狀態時每天都寫，一坐下來就是十到十五小時，一天接一天，他說這**使他快樂**。到達這個段落時，我今天已經手寫了四千字，並通通輸入電腦，如今躺在床上用手機修改。「當我們全神貫注地在做某件事時，我們不再有自我意識，甚至也不再察覺到自己的身體。我們和我們正在製作的東西合而為一。」桑內特寫道：「帶著向前看的心態一再重複做某件事是有意思的。例行作業的實質內容可能會更改、變形、精進，但情感的回報才是人們在重複過程中的體會。」

然而儘管寫作讓人投入，甚至忘我，但是節奏始終還是相當容易被擾亂。我們可以關掉電話，謝絕採訪，獨處房間，但亂源始終還在，始終守候在轉角伸出一腳把你絆個五體投地。那就是他人的存在。這種讓人分神的存在是無論編輯有多麼專業都無法解除的，匡靈秀的段落已經告訴我們，侵門踏戶的一方面是市場競爭：「寫作行程表、預付金數目、銷售數字」，作家傾向全都保密到家，以防其他人揭他們的底；另一方面是對原創性所有權的保障：「他們甚至更討厭分享進行中作品的細節，擔心某個人會偷走他們的主意，並先一步出版。」

而兩者都是桑內特在分析匠人時，探究到的普遍危機了：匠人想把一件事做好的欲望，不免會被競爭壓力、挫折或執迷心態所侵害。而一旦事情出錯，心態不穩的人們又會在心裡遺留羞恥和焦慮，一旦無法排解，匠藝就會惡性循環偏離正軌了。而這才是「你會給身邊的人看你的初稿嗎？」的**重點所在**：你願意把你脆弱失衡尚未完美的節奏，放心交給身邊的人嗎？你願意把你保密到家的細節題材，有可能在暴露後被剽竊的底牌，通通交給身邊的人嗎？

我的妻子總是會讀我的初稿，絕大部分時間裡，都是我的第一讀者。有時她會問我為甚麼這樣寫，而我總會向她解釋。有時解釋來解釋去，就覺得不如重新寫一遍好了。但是後來我發現其實根本不需要解釋，因為她代表的是讀者，讀者不需要作者給他們一個解釋，而是要把文章盡量寫得不需要額外解釋。又或者說，讀者其實就是來解釋作品的，書出版後文章刊登後我就（在巴特的意義下）死了。

不過既然還能跟妻子討論，就代表我還沒死。我覺得我還能搶救一下。與她討論過後，文章通常需要修改，又或說，需要修復。桑內特將維修分為兩種，一種是靜態維修，將某事物回復至原狀，通過拆卸、找錯、修復、還原。然而另一種修復是動態的，重組後會改變形態或功能，比如烤麵包機加強燈絲後，就不只烤吐司了，還能烤貝果。這兩者都是我剛開始躺在沙發上丈量世界時希望能為散文做到的事。

就算已經是親密伴侶，修改和修復始終還是會碰上瓶頸，何況面對其他人呢。尤其如果我們回到桑內特的分析，匠人經常無法與別人解釋自己在做甚麼。狄德羅（Denis Diderot）在十八世紀編百科全書時，說出：「在一百個人當中，如果能找到一打人能夠清楚說明他們所使用的工具或設備，以及他們所生產的物品，那就算是走運了。」就像我的親戚問我在寫甚麼時，我也只能說出散文集啦諸如此類的回答。至於散文和隨筆之間的差別到底是甚麼？我花了六萬字寫到這裡，桑內特說的羞恥從我的脊椎點燃到臉上，差一點就可以轉譯成攻擊性了。

為了隱蔽這種情緒，至少人在江湖最好切勿顯得小家子氣，我們就在編輯和作家之間安插了第一讀者。一切都為了撫平那尚未完成仍未確定的坐立不安。這種不安有時會逆轉姿勢並氣吞天下，佇立廢墟並瀟灑地說「那就照你的意思吧」。然而這種廢土英雄形象，布赫迪厄提醒，這種創作上的英雄主義實際上是脆弱而備受威脅的。而且為了讓生活變得更好過一點，創作者必須團結起來，指出我們要有一種普遍的社團主義。

所以，「你會給身邊的人看你的初稿嗎？」的意思其實是：你有一個可以安撫並擺放焦慮不安，讓你甘願重振旗鼓更上層樓的合作伙伴嗎？在真正進入寫作那如若社團的世界前，你的自尊問題處理得足夠嗎？你有辦法在與人溝通時褪去挫折—攻擊症候嗎？又或者說，你有辦法找到吞下驕傲與不安，從合作裡鍛練出創作技藝的專業精神嗎？在初夏的地下室裡，我盜取了這條問題，這也算是一種社團主義吧，在這裡謝謝各位，我成功沾走靈光了。

24

只是我們還是不得不再後退一步，因為「你會給身邊的人看你的初稿嗎」這個問題背後，還有一組問題：我們又不是作家的甚麼重要他人，看不看初稿其實沒甚麼關係，但我們為甚麼會對這個問題有興趣？又像是《巴黎評論》的固定問題「請問您的寫作習慣是怎麼樣的」，其實真的不關我甚麼事。回到全書最初的提問吧，一段郁達夫式的追問：為甚麼我要去知道別人的世系、性格、嗜好、思想、信仰、生活習慣？難道我要像卡波蒂

《冷血》的殺手一樣，拿把槍摸上門去嗎？

這其實是一個超越文學的問題，因為這是在探討我們為甚麼會對別人感興趣。也許是達爾文式的吧，我們在他人身上學習待人處事和建立關係；也許是八卦狗仔式的吧，我們在知道他人祕聞後擴充了自己的資料庫；也許是腦神經科學式的吧，研究虛構理論的《事實與虛構：論邊界》裡，科學實驗告訴了我們，與真實相關的信息激活了涉及自我關係、與他人的關係、共情以及情緒的神經元網絡。

諸如此類的吧，人可以在一百個地方對一千個人感到興趣。我們回到散文，透過這個文類，我們觀看了一位觀看生活的人的生活。我們相信散文家的描繪，並陷人敘事流中不能自拔，像在激流裡遇上另一艘苦撐的小船，但它擁有一種特殊的技術，讓人甘願相信生活就應如此。它是一種關於生活的美學，一場提煉與打磨，一次挖掘與擴散，一份簡潔優雅的自傳，凝結局部與隨機的經驗。

這種生活的質感在抒情散文，以及桑塔格那「詩人的散文」裡相當明確，兩者的目標也是為著保存與傳播一種美感經驗。黃錦樹不無詩意地用「朝花夕拾」來歸納這種保存的事功：時間流逝中的失去與重返、撿拾生命的剩餘，這往往是它之所以動人處，甚至可以說是它的存在價值。在文字按停並存檔拾花的時刻，這個文類讓我們得以重新經驗散文家的心理活動，並共同進入一種內省的思維模式。那大概是一種共情了，至少有一部分讀者是為了獲得這樣的特殊感受，願意對散文感到興趣。

而這種作家將自己純粹化，情深款款地文人化，建立出來的高雅形象，借用桑塔格的話：這種自傳都是在寫一個人怎樣表演為一個詩人。他們需要一個自我的神話，講述著他們怎樣犧牲日常的自我，並且把詩人理想當作一個真實的自我。而這樣寫出來的散文，描繪出可悲可泣的命運，而且總是充滿著鼓勵名言、危險、沮喪與戰敗的敘述。

但是散文卻總是在重新崛起，桑塔格將這類散文定義為激情的自傳。黃錦樹在為言叔夏《白馬走過天亮》撰寫的推薦序〈土星的環帶〉最後一句，是「我們的被拋狀態無法選擇，但可以選擇與它搏鬥的方式」。散文就是一種傳遞搏鬥經驗與形象的文類，它說服我們的方法與小說截然不同，小說可以優雅地呈現生活，海明威與卡佛可以硬生生地去頭截尾讓你推理，村上可以用設定引導你進入世界，奧斯特也可以用情感勾引你的共鳴。然而散文，它把文字砸到你臉上，投手呼嘯咆哮著這片泥濘就是我的生活，我從滔天巨浪裡逆水行舟，搶救回來的就是這個形狀。正是這種執拗的形象，讓我們心甘情願地買票登上散文的火車，隨著作者的心理活動前往四野八荒。

再進一步將這個搏鬥的浪漫形象分拆開來，我們就更為靠近散文之所以能夠動人的核心」：關鍵詞剛好就是匠人的工藝。在一九八〇年，桑內特與傅柯在紐約大學共同主持了一場研討會，那時桑內特還沒四十歲，而傅柯已然步進人生最後四年。幾乎沒有交集的二人在發表論文時蜻蜓點水地提及對方的名字，我讀過你我也讀過你，你有你的我有我的方向。研討會名為「性與孤獨」，而桑內特開宗名義就說，傅柯與我研究的是兩個截然不同的歷史時期，而我本人壓根就沒打算研究性，我處理的是現代社會孤獨的歷史。至於傅柯，連提都沒提過桑內特的論文。

但性也好，孤獨也好，兩位思想家關注的也是「自我」在當時所遭遇的危機。那是一九八〇，自我的概念即將前所未有地狂飆突進，捲進名為新自由主義的暴風當中，並粉碎蔓延至今。桑內特指西方的資產階級創造了一個局面，讓我們棲居在一個支離破碎的社會當中。早於此時他已經引用了蒙田：「除非我們對自己感到自在，否則就沒有辦法與他人自在相處。」三年以後桑塔格發表的〈詩人的散文〉，寫到詩人永遠都活得不自在，總是陷入危險、沮喪與戰敗當中。不管是桑內特也好、布赫迪厄也好，後來都提倡人還是去咖啡廳交個朋友吧，不要這麼懷舊了。

然而對於傅柯來說，自我問題並不只是棲居於城市的合作倫理，畢竟他跟桑內特研究的歷史與學科都完全不同。在人生最後數年的演講裡，傅柯始終關注這個問題。他發現歷史一直以來都教導我們要去內省，向精神深處挖掘勘察，就像體內有一個深深隱藏起來的真相等待破解，就像要去破解一本神祕的書或是一本預言。傅柯認為，無論是政治也好，宗教也好，為了建立一套管理人民的方法，就建構出一種讓人民自己忙著管理自己的模式，而這就是「認識你自己」。當人人都忙著認識自己，前赴後繼地向內鑽探，管理者就省事了。

傅柯稱這種技術為「自我的工藝」，如若桑內特的工匠觀，這是一種讓人自我管治的技術。但這種技術在傅柯眼中是一種掩蓋，讓我們遺忘自我意識一直都由不同機構和場域交叉建構而成。而且持續往內挖掘，只會使經驗與精神都被榨取得一點不剩，還想從空無一物的曠野裡增加精神價值。這大概就是黃錦樹引用王安憶的散文論了：「散文是直接書寫我們生活有關的感情，生命多麼有限，感情也就多麼有限。要多了，必定是摻了水的。」

就算桑內特經常強調，凡是優秀的匠人都會在具體實作和思考之間展開對話。然而由於整個歷史，整個教育、整個政經系統都若隱若現地鼓勵人們內省，去認識自己，並將這當成匠藝，這種內省就以一種對精神相當有益，但始終帶著遮蔽性的模樣傳遞下去了。在傅柯眼裡，我們甚至不需要知道這套「自我的工藝」確切來自何方，因為我們光是要知道自己怎麼被影響，就已經非常困難了。而且認識並表達自己的信念是如此動聽，幾乎毫無代價，還繼承著啟蒙傳統的正當性，它旅行到全世界被當成知識燈塔，又或影響我們的散文觀（五四運動最大的成功是個人的發現），完全是無可厚非的一件。

我們可以像桑塔格那樣，把詮釋當成一種翻譯，X其實是A，Y其實是B。「自我的工藝」在經濟學家諾思眼中，其實就是意識形態。諾思幾乎與傅柯同一時期研究知識構成的來源，只是他站在經濟史與統治階級的位置，對形上哲學沒甚麼興趣。在他眼裡，知識可以說是沒有理論的，因為每個人的日常行為都受一整套習慣、準則和行為規則所指引，而這些因素都由家庭（初級社會化）與教育機制（次級社會化）建構而成。這些東西就共同構成了意識形態：「意識形態是一種省事的辦法，人們用它來與他的環境妥協，並且建立一種世界觀以簡化決策過程。而意識形態無可避免地與道德、倫理互相交織。」換言之，如果社會成員相信這種體制是公平的，則能夠節省大量的管治成本。只要人人都跑去認識自己和當詩人，寫散文，政府就省事了，雖然說節流無法開源。

正正就是這套認識自己的意識形態，人們持續往內尋找，發展出一種個人的書寫。桑塔格的詩人散文也好，黃錦樹的抒情散文也好，兩者都可以解釋為一種個人化的現代性工程，而散文即是這場工程的傑作。工匠學徒交出了作品，就能晉升為資深學徒，而資深學徒交出傑作，就能晉升為導師；散文家作為匠人，承接了啟蒙精神，從文學體系一路攀升，並以認識自己的匠藝來描繪世界。

伊格頓說，文學是整合與控制勞工階級的技術，而在傅柯眼裡，這是一路潛伏在暗處延綿至今的權力。它有害嗎，絕對不是，但激進如傅柯會說，這不夠自由。要更自由。要掙脫束縛前往域外。生活總在他方，四野八荒。

於是傅柯宣稱，自我的實踐就是一場永恆的戰鬥，生活不僅是為了成為一個有價值的人，還要尋找武器與勇氣來戰鬥一輩子。他採用兩個比喻，每個人在生活裡都是摔跤手，必須一個接一個地打敗敵人，就算不再戰鬥，也必須堅持訓練；另外是人應該把自己組織成一支軍隊，在任何時候都有可能受到敵人攻擊。而人不應該執著於認識自我，而是要去關注自我，觀察它如何建立，如何變形，如何移動。這始終能回到黃錦樹所說的搏鬥了。

這種浪漫的無限搏鬥說到底，始終回到了散文的範疇：為甚麼我要去知道別人的世系、性格、嗜好、思想、信仰、生活習慣？因為他用文學與這個世界打了一仗，以這些片斷他支撐了自己的廢墟。為甚麼我們要去看一艘小船在激流裡苦撐？因為雖然世界席捲而來，還是有人將生活轉換為一套語言，堅持出發到遠方。

傅柯提出了一種風格化的寫作，當我們身處在權力拉扯的場域當中時，生活就在於找尋各種不同逾越界限的生命經驗。這種生命經驗在德勒茲眼裡，是在縱橫交錯的權力網絡之間，清空一小塊專屬於自己的領土。這塊領土是可以被別人所觀察到的，因此，在關懷自己之時，我們也無形地肩付起對社會他者的責任。散文是一種形塑生活的意識形態，它從差異與空隙的經驗出發，在權力網絡裡定位自己，並用風格開闢自己的領土。如若巴特的形容：占卜官以木棒對著空中比劃的動作，也就是說對著沒有定點的目標隨便比劃，這個動作一定很美；但同時卻又很瘋狂：它很鄭重其事地劃出一個界限，但痕跡之後立刻便消失了，只是一個帶有知性回憶的劃分動作；但另一方面，這個動作則全然是儀式性質，帶有絕對的武斷，那便是意義產生時的劃分。

25

以寫作開闢領土，在空中劃分意義，讓我們回到巴特的晴雨表。巴特從這個沒甚麼用的小東西上，發展出他的「真實效果」理論，充分顯出了對於寫實主義的敵意。如果我們要去描寫一個房間，裡頭總是會出現像晴雨表這樣的東西，它「既非格格不入，又談不上醒目」，可以跟其他一百種東西互換。在開闢文學空間之時，一旦作品出現這樣的小東西，巴特就會說，這代表虛構已經全面勝利了，因為一切都是人造的假象。

這總讓我記起前幾年的一段小故事，那時我還在唸研究所，為了賺點小錢當了一學期大學部文學理論課的助教。為了讓時間過得舒服一些，我拿了一本《文學理論》來搪塞時間，反正唸完就下課了，大家聽不懂可以拿著講義回家再讀一次，讀不懂再讀一次。簡而言之，文學的定義有以下幾個：一、文學是語言的突出；二、文學是語言的綜合；三、文學是虛構；四、文學是美學對象；五、文學是自我交織與折射的結構。以上典出批評家喬納森．卡勒（Jonathan Culler），大家讀不懂可以再讀一次，現在已經下課沒我的事了，謝謝光臨。

結果當我講完一大堆後，一位哲學系同學沒有放過我的意思，舉手發問：為甚麼文學是虛構的？

當時我正被另一門課的連串精神分析理論轟炸得焦頭爛額，這門學科大概是專門設計出來折磨文學系學生的，我撤回前言：框架與模型不一定是研究者夢寐以求的可卡因，也可以是刑具與棺木。我就隨便講了句，因為所有東西都是虛構的，上面都有一層語言的掩蓋，就類似巴特所說的晴雨表那樣。果然是哲學系的，因為就連我都聽不太懂自己在說甚麼時，他作為全班的英雄形象（或是反派，因為大家準備好下課了），問出了困擾我至今的問題：**既然所有東西都是虛構的，那強調這一點還有甚麼用？**

五、六年過去了，這條問題依然像幽靈一樣盤旋在我頭上，就算後來讀到神話不再也好，黃金之心也好，自傳契約也好，散文獎制度漏洞一再被利用也好，都絲毫沒有處理到這條問題。如果說，散文的倫理就是要敘事者我和作者我是同一個人，憑甚麼這就叫作真實？敘事時間線總有整頓吧，語言邏輯總有調動吧，場景沒有百分百還原吧，肯定夾雜想像與美化吧，晴雨表可以跟其他一百種東西互換吧，這些又不是造假了嗎？劉軍在《當代散文理論流變史稿》引入了大實小虛的概念，肯定了散文必然存在虛構，但明明是多實少虛。後來我實在懶得去想，轉向相對沒有倫理包袱的小說去，虛構的世界那麼廣闊，何苦安頓在真實的碉堡裡。

但這個問題還是用一百種方法在一千個地方把我拖回來，如今還是不得不寫，它久病成心結了。那種萬物皆虛構的概念，可以用德里達（Jacques Derrida）的一句話來歸納：「文本以外，別無他物」。因為我們沒有辦法思考語言以外的東西，而語言是一個閉環，一個詞語只能指向另一個詞語。在激進的思想家那邊，只要我們繼續使用語言，就無法達到外面的真實世界。在拉康（Jacques Lacan）那些誓死要把讀者的大腦擠壓成一坨肉泥的精神分析理論裡，還提出了「真實，就是不可能性」。人的語言限制了我們如何理解和表達事物，所以一切都只能是真實的語言擬象，真實的再現，再現的再現，的再現……我們生活在虛構之中。

如果我們願意，並且感到厭煩，其實拉康已經取消了「散文可以虛構嗎」這個問題。因為一切都是假的，個案解除，不接受反駁。但即便如此，文學理論課那位哲學系同學的問題依然存在：如果一切都是虛構的，那有甚麼好特別強調的呢？

在拉康的理論以後，世界與人們紛紛染上了一層夢幻的質地，虛構的帝國領地無邊無際，就連睡眠的潛意識都被語言徵收重稅，寫作的遊牧民族都被綁架勒索無處可逃。在拉康的圖式裡，又正因為外部的真實無法觸及，反而成為了我們欲望的對象。簡而言之，儘管真實就是不可能性，但是人類就是明知山有虎偏向虎山行，越有禁令就越想犯禁，於是真實不可能人們就渴望真實。

從拉康的理論調頭吧，在此我第二次使用作者權能，我始終認為精神分析跟量子力學都是我接下來十輩子都沒法搞懂的東西。只是從這邊發展起來的虛構理論，讓我們發現了人們對於真實的饑渴遠大於虛構文學，弗朗索瓦絲・拉沃卡（Françoise Lavocat）在《事實與虛構：論邊界》裡，將這種理論連接到我們時代的事實饑餓症上。無論是實境秀、偶像人設、紀錄片、人物專訪等等，我們如何判斷這些東西是真實還是虛構的？又或者說，我們為何被這些形式的媒介所**娛樂**？這類似文學創作中的作家面向了，我們時常對作家的生活細節感到津津樂道，巴黎評論編輯部的常設題目：請問您的寫作習慣是怎麼樣的？

而我們永遠也會因為真實的落差而感到失望，戀愛實境秀結束後主角們沒有繼續約會，偶像偷偷抽煙喝酒談戀愛，紀錄片角色聽從導演指令擺拍，專訪受訪者睜眼說瞎話，在散文獎裡盲聾肢殘的得獎者耳聰目明健步如飛……我們總是不無悲觀地猜想，也許世界真的沒有甚麼真實，都是表演，都是詮釋。神話不再的失落感，與人設崩壞其實差不多。言叔夏在〈關於陰影的技藝〉裡寫道：「我們今日所面臨的經驗世界本身，早已挪移了過去我們對虛構感的量體指標，而有一天我們也會在文學理論裡讀到人設這個詞嗎？」

在拉沃卡的《事實與虛構》裡，我們確實碰上了人設的問題。因為虛實混淆已經不只是散文的問題了，它引來的更是一種政治危機。如果不區分真實與虛構的話，我們將會：一、在後真相時代特別容易導致假新聞泛濫；二、否認歷史學家的倫理，否認他們肩負揭示歷史與過往真相的責任；

三、對他人造成傷害，尤其是以真人為原型的虛構作品中；四、導致我們無法體驗虛構及其邊界的遊戲帶來的樂趣；五、導致認知與科學錯誤。假設我們有一天再也不分真假，這種思想實驗般的設定想像可以輕易推導出，我們這個種族很快就會滅絕了。那就好像一個人在過馬路看到紅燈時登高一呼，那些只是社會建構出來的虛構幻象而已，只是為了激化二元對立，然後衝出去被貨車撞成肉醬拌麵送往異世界。

所以，並不是說一句「所有東西都是假的」就能解決問題，相反的，這句話持續得太久，導致一切堅固的東西面臨徹底的煙消雲散。拉沃卡指出，這五十年來被反覆破壞之後，虛構的邊界已經搖搖欲墜，需要得到捍衛。但就在爬梳從七〇年代開始對於虛構邊界的各項理論，從巴特的真實效果——也就是晴雨表只為表示一下現實，不是真的——到拉康，到二千年代開始的說故事技術，沒有一項真正能夠模糊真實與虛構，全部都有內部矛盾。真實永遠存在，如若虛構始終都在；承認虛構，是強調我們還處在真實。而且兩者永遠互相推動，「虛構在很大程度上塑造了我們對世界的理解，以及我們存在於世界的方式。我們只需想一想現在很多日本年輕人，他們的舉止讓人無法不聯想到漫畫主人公。」

虛構實際上是由悖論、具有現實指稱性的飛地，以及現實的碎片所交織而成，當我們閱讀小說、觀看電影劇集或動畫、登入電腦遊戲或參與實體遊戲時，我們首先進行的動作就是**沉浸**，又或稱為**再中心化**。我們從經驗世界的參照框架上，轉移到虛構框架裡，而後者是由文本投射給我們，再由我們推斷出來。

從這組虛構理論上，我們回到文學藝術的本質，文學其中一個最困難的技術，是說服。虛構請求我們相信，而我們選擇相信，因為這個虛構世界在我們眼中合乎邏輯。《冰與火之歌》、《1984》或《百年孤寂》儘管光怪陸離，但內在的邏輯始終順暢（劇集版另作別論）。拉沃卡寫道，當我們在闡釋虛構故事時，將會撫平、糾正與忽略阻礙產生虛構沉浸的矛盾，正是在這個意義上，我們可以談論合作精神。在虛構面前，我們與作者分工合作地建構並沉溺進入一個異世界。

小說說服我們參與這個合作的方法千變萬化，它可以優雅地呈現生活，海明威與卡佛可以硬生生地去頭截尾讓你推理，村上可以用設定引導你進入世界，奧斯特也可以用情感勾引你的共鳴。這種說服的技巧，是一種虛構的治理術。

然而散文，它說服的技巧可以直接跳過這種治理術，因為它首先就源於「自我」，是自我治理技術的一環。「虛構是需要闡釋的世界，真實世界不需要闡釋，即便需要，也不是以相同的方式。」在現代世界的噩夢當中，散文家把文字甩到你臉上，呼嘯咆哮著這片泥濘就是我的生活，我從滔天巨浪裡逆水行舟，搶救回來的就是這個形狀。我們可以用逆向的虛構理論進行拆解：真實實際上是由具有虛構指稱性的飛地，以及虛構的碎片所交織而成的圖像，每一個截面、每一幅漂浮的畫面，描述它們時刻所動用的細節，其實彼此之間，以一種神祕的織法連繫在一塊。散文採用了傳記的真實性，換取毋須說服讀者虛構為真的餘裕。

所以，當我們論及散文的虛構與真實時，並非如若黃錦樹所說的那樣，造假是一種倫理問題——他始終憤慨的是散文獎集中在匿名自傳又沒有把關的制度瑕疵。在散文裡運用虛構，其實是文學問題，當散文家搬運虛構元素進入他的自傳裡時，是既想採用個人名義來進行事實的抵押，又想享用小說的虛構地帶。這是一種文學走私。

但寫字的人誰不想走一下私呢？尤其是，這種誘惑如此實際又愉快。唐捐在〈他辨體，我破體〉已然問道：「在散文那裡，究竟有何分內之務？

為何非安不可？」在文學裡走私，拉沃卡形容為一種事實饑餓症的顯現：「不斷穿越邊界、融合虛構與事實的渴望存在於所有時代，存在於幾乎所有文化當中，這恰恰是邊界存在的最好證據。」至於走私算不算是一種犯罪，就看你站在哪個立場了。

在研究城市規劃歷史時，桑內特區分了邊界（Boundary）與邊境（Border）兩種邊緣的差異，前者是靜態且抵抗性的，而後者則是動態與滲透性的。如果說真實與虛構的邊界有一條無可辯駁的界線，那是一條沒人能夠達成共識的界限。因為那始終是一個寬廣的空間，小說家前往攫取真實，而散文家也伺機偷渡虛構——邊境本來就是一個易於走私的地方。桑塔格當年寫〈中國旅行計畫〉時提到的「香港與中國之間深圳河上的羅湖橋」，簡直是世紀末走私聖地。

桑內特以城市作為例子，將城市隔成不同地區的八線道高速公路是邊界，而在兩個社區之間的多用途街道則比較像邊境。在前現代的城市裡，城牆作為一種軍事建設，目標是更高更厚且無法穿越。然而無論它多麼渴望拒斥外敵，出售黑市商品或免稅商品的非正規市場還是會像雨後春筍般在牆邊湧現。「異教徒、外來的流亡者、以及其他格格不入的人，很容易聚到城牆那一帶。現代的大砲使城牆的屏障效果大幅下降以後，這些軍事邊界常演變成社交空間。路易十四於一六七〇年在巴黎做了這樣的改變，把城牆變成讓人民漫步其間的陰涼長廊。他聘用的規劃師給那個新空間取了一個新的名稱：**林蔭大道**。」

真實與虛構的邊境就如若一條林蔭大道，可以說，這裡就是文學的生機所在，文類在這裡互通有無，交換說服的技術與自我治理的匠藝。這讓我們折返回到諾思的模型，如果說真實與虛構邊界必須捍衛，但是創作者又能在邊境獲得偷渡的好處，那麼，雙方的極大化利益就並不一致了。若然我們真的要禁止散文繼續在這裡綁架虛構回去當人質，那麼，就從黃金之心推導回去無形之手，以道德去限制人們的投機行為。這種道德是一種互相合作的匠藝，在合作過程裡，討論與辯駁持續上場，一如理論與實踐作為接續系統，正是文學界合作的匠藝所在。也正正是在闡釋故事時，我們將會分工合作，撫平、糾正與忽略阻礙沉浸的矛盾。

在這之上，是合作處理了自我的危機：假如就像德里達或拉康所描繪的那樣，一切都是虛構的，每個人的存在都模糊曖昧，我們在合作之時始終能夠到定位自己的存在。一如將初稿交給身邊的人，可以通過一次連結定位自身在網絡裡的位置。合作的匠藝使我們學習如何與萬事萬物建立關係，讓自我的治理術不只悲觀的權力壓榨。而就是這樣，我們得以理解言叔夏〈關於陰影的技藝〉所說的：「我彷彿通過了一條從遠方投遞過來的繩索，進入了他人的經驗。那時的我，既是他人，也是我自己。」

在這裡，我們終於可以回應當年那位同學的難題了，可惜我已經遲到太久，如果你還讀我的文字的話：「既然所有東西都是虛構的，那強調這一點還有甚麼用？」答案是：文學是將虛構走私進現實，同時將現實走私進虛構的說服藝術。

26

從自我的工藝裡探索出一種風格化的寫作，從而清空一塊專屬於自己的領土，聽起來就相當類似動手蓋一座房子。作家們透過寫作大興土木，用文學史的觀點來形容，他們的建築匯聚起來，連成排屋，組成街區，形成城市。從夜空俯瞰下去，這幅文學地圖點線面都璀璨發亮。

在這種意義下，寫作始終是體系的，是場域的，是細節與細節的聯乘，是狄倫渴望的隨筆理想：「我想要細節，我也想要圍繞著它由相似與關聯所形成的光暈。我想要這個不可化約的節點，然而我卻無法不欣賞這個節點如何點燃其他的節點——爆炸、引燃、釋放。細節之所以為細節，是因為它對於整體的暗示，以及它從圍繞著它的整體上吸取了甚麼。」

不過浪漫的展開就到此為止了。「你會給身邊的人看你的初稿嗎」這條問題提醒了我們，鄰居不是一直也是友善的物種，文學的鄰居自然不會有甚麼道德上的加分。匡靈秀警告過我們了，鄰居可以揭你的底牌，剽竊你的點子，封殺你的新書，突襲你的新書發布會搗亂。真實的鄰居可以——根據台灣內政部國土管理署惡鄰條款法——擅自違建、佔用公共空間、堆積雜物、設置柵欄、噪音污染、惡臭蔓延……有人的地方就有江湖，有江湖的地方就有刀光劍影，刀光劍影有了城市就有現代化。惡鄰現代化，光是這五個字就能夠組成當下全體人類的噩夢。甚麼要愛你的鄰居，真是神經病，有住過大樓嗎。

為免經常與惡鄰接觸導致身心俱疲，我們有時會選擇區隔和比較。在文學上進行區隔比較幾乎是家常便飯了：**作品本身的**，「一個批評家的首要任務是把競技者古老的、同時相當嚴厲的三合一問題再次提出來：比較好、比較差、不相上下？」（布魯姆《西方正典》）；**作家與批評家的**，「無上的創造者與低微的侍從，兩者都是必須的，但應該各就各位」（巴特《批評與真實》）；**賺錢跟不賺錢的**，「小說家獲得『廣大群眾』的青睞，以負面涵意而言，就是因為商業成就而威望盡失」（布赫迪厄《藝術的法則》）；**不夠不賺錢的**，「散文是為了經濟考量和思緒乾枯期才寫的，比起詩歌甚麼都不是，詩歌是空軍，散文是步兵」（桑塔格〈詩人的散文〉，引用布洛茲基）；**食物鏈式**的，「白話詩和白話小說一旦寫壞了，往往就像散文，意思是欠缺自身文類的形式感。但是如果散文寫壞了呢？就只能是壞散文——不會是爛詩或爛小說。因此，從邏輯上來看，壞散文應該是現代文學系統裡數量最驚人的生產。」（黃錦樹《論嘗試文》）

在生活上進行區隔也是常見的事，桑內特重點分析了兩種迴避他人的方法，第一種實在相當普遍，幾乎每天都掛在我們嘴邊，尤其是上班壓力暴增的時刻，又或是身陷文學食物鏈被按在地上來回磨擦的時刻：退休後我要離開城市，去海邊蓋個自己的房子，又或住到山上森林裡。一種歸園田居的想像，久在樊籠裡復得返自然，不過反正我還沒聽過身邊有人要搬到沒有網絡和水電的地方去。而這種歸隱想像也不只限於東方，桑內特帶我們看到盧梭熱愛遠離城市獨處散步，梭羅（Henry David Thoreau）搬到湖濱隱居，維根斯坦住進挪威小屋，然後是桑內特老師的老師海德格（Martin Heidegger），他說自己只能在遠離城市的地方思考：「在冬天的深夜裡，當暴風雪在小屋周邊肆虐，籠罩及覆蓋一切時，那是最適合思索哲學的時間。」浪漫是浪漫了，不過事實並非如此：

海德格逃離城市也是為了逃離他者，尤其是猶太人。他成為佛萊堡大學的親納粹校長後，逃離城市及城市的人性複雜對他來說變得更加重要。他與列維納斯（Emmanuel Lévinas）、約納斯（Hans Jonas）等猶太門生斷絕關係——二戰後他與列維納斯決裂，約納斯批評他的思想——那都強化了他想要逃離佛萊堡的渴望。一九三三年以後，只有雅利安人來托特瑙村，海德格的猶太學生要嘛不再受邀到這裡，不然就是已經逃離德國。遠離城市後，海德格也可以擺脫在街上遇到同事的痛苦，因為他當校長時曾壓迫或開除那些同事。其中最私密的恩怨莫過於胡塞爾（Edmund Husserl，猶太人，又是他的恩師）被禁用圖書館。

班雅明覺得，明明海德格在佛萊堡的生活就很平淡無聊，卻把那裡想像成一個充滿創傷的地方，實在相當奇怪。可能海德格的身分認同是個詩人吧，需要一個自我神話，必須犧牲日常的自我並且把成為詩人掛在口邊。

桑內特的《棲居》取名來自海德格的短文〈築居思〉（Building Dwelling Thinking），沒有逗號的標題顯示這是一種連續的體驗：「人應該融入自然，待在他為自己創造、沒有太多巧計的地方，住在專門用來思考的房子裡。」這簡直是避世文人的夢想了，雖然現實相當骨感，我們就是生存在一個需要惡鄰條款的現代城市，過著初稿只能祕密分享的生活。

在這裡，海德格小屋的哲學是**為了排除，所以從簡**。在簡化的環境當中，形式越簡單、清晰、獨特，它就越能夠界定誰屬於那裡，誰不屬於那裡。將這點發揮到極致時，就是一間只讓雅利安人進入的小屋。創造者藉由創造明確直接的形式來執行社會排擠，更重要的是，從城市逃離到大自然可能掩飾對於他人的拆斥，一如海德格試圖藉由逃離城市與擁抱森林的簡單生活，來逃避對自己的行為承擔責任。

這是一種將自己區隔開來，並且建立邊界的嘗試了。很顯然地，這只適合社會的極少數人，畢竟我們不是海德格，可以隨時搬到山上蓋房子，而且如果一個群體人數太多，也不知道應該去哪裡搞個海島來與世隔絕。而桑內特分析的另外一種迴避他人的方式比較實際，是設置隔離區，在排除異己的同時，依然在邊境利用對方。畢竟有人的地方就會在邊境走私。

早在一千年前的歐洲已經是個試圖排猶的地方，但總是無法成功，比如羅馬與法蘭克福等地方都建立了隔離區，然而城市的結構太亂，沒有辦法將猶太人完全封閉在裡頭。而猶太人在多數城市裡，都生活在分散的小區當中，因為只有低調與匿名才能避過迫害。在這段中世紀歷史裡，唯有威尼斯有辦法做到徹底隔離，因為它的城市特徵讓運河能夠將成群的建築物分隔成巨大的群島，而城市規劃者直接用水道進行隔離。由此，貧民窟空間就這樣建成了。

貧民窟（Ghetto）一詞在意大利語裡最初的意思是鑄造，源自傾注（Gettare）。而老猶太區（Ghetto Vecchio）和新猶太區（Ghetto Nuovo）是威尼斯古老的西部鑄造區，遠離繁榮的市中心。新猶太區就像一座城市裡的島嶼，僅以兩座橋樑與都市結構的其餘部分相連。只要關閉那些橋樑時，整個區域也會封閉起來。吊橋只會在白天打開，讓一些猶太人進城與其他人打交道。

這是因為，儘管基督教世界想要排猶，但猶太人確實補足了他們的不足。小至打掃廁所甚至到銀行服務，又或作為醫生、小販與小額放債者，都是基督徒無法或不願擔當的角色。就以威尼斯為例，猶太醫生的醫術比基督教的醫生更好，另外是猶太人可以取用與東方聯繫的絲綢之路，一直交易到中國去，那是威尼斯基督徒較難獲取的資源。另外，貧困的猶太人也補足了非正規經濟的缺口，在隔離區的邊境補足了黑市走私的需要。因此，威尼斯通過運河隔離異己的方法看似簡單，其實有互利合作的成分存在。桑內特歸納為**為了排除，選擇容忍**。

從小屋到隔離區，從邊界到邊境，從建築到街區到城市，從隨筆到時尚到咖啡廳，我們始終有種決一高下的心理在隱隱作動。城市作為一個巨大的研磨器，光是在裡面生存就能引起時時刻刻的比較：去哪家咖啡廳、身上配戴甚麼細節、知道多少條捷徑、認識多少人、讀哪家學校……這些又會反過來引發冒牌者症候群，覺得自己不配，覺得不配又會產生挫折──攻擊反應，最後又導致排除心態。最糟糕的是，城市還有黑洞般的引力，除了讓人難以離開以外，還讓新的人口陸續加入。

桑內特將差異的源頭歸因於功績主義，它與先天繼承的特權不同，它主張我們的社會地位應該取決於工作中如何證明自己的實力，尤其是當每個人都有機會上游時，我們的出色表現將會證明自己在激烈競爭中獲得的任何成就都是合理的──功績主義將平等起步的信念與不平等結果的合法性結合在一起。而有趣的是，當我們追溯功績主義的源頭時，桑內特提到那位寫日記記錄自己在倫敦咖啡廳與達官貴人攀附關係的皮普斯，他與英國海軍的其他改革者共同主張，海軍軍官的培養與晉升應該只看能力，而不是透過購買或繼承的方式來獲得職位。換言之就是老子花了幾年在咖啡廳費盡唇舌，憑甚麼你不用努力就能站在我的位子上。

然而在百多年過後，功績主義如今成為了我們如今依然棘手的問題：儘管社會幾乎沒有為我們創造一個公平的競爭環境，但人們依然用天賦或動力或某種個人特質，來合理化不公平的結果，而不是歸因於個人幾乎無法改變的環境因素。不只是職場，還有學校，桑內特指出：「功績主義促成了一種高度個人化的人才搜尋方式：在教室裡，老師往往會為了尋找傑出的個體，而忽視了其他十九個學生。就像在職場上一樣，只有表現出色的傑出人才獲得獎勵，其他做得夠好或長時間工作的普通員工幾乎得不到任何獎勵。」

我們很難想像在這樣的情況下，人會對其他人沒有攻擊性，又或至少興起排除他人之心。歸園田居的其中一個原因，是因為我們受夠這種比來比去的狗屎爛蛋了。文學獎也是一種功績主義，它是每個作家的履歷，座落於實體書的書封折頁與網絡書店的作者介紹裡，而且是進入文學界的第一級階梯。它最直接的效果之一，是得獎者有冒牌者症候群，而落選者會說「再沒得獎就要徹底放棄寫作」。就算我們知道這只不過是遊戲規則，只是評審的選擇，而且還有隨機性，但桑內特也指出，在理智上，你可能知道形勢對你不利，但你依然心有未甘，有一種不言而喻的自責感。這種自責感一點一滴匯聚起來，連成排屋，組成街區，形成城市。從夜空俯瞰下去，簡直是一幅地獄變。

桑內特的《匠人》、《合作》與《棲居》合稱為「創造者三部曲」，一以貫之的都是在討論以上問題：投入工作的匠人如何面對惡性競爭？合作如何被惡性競爭所取代？人類活在城市，怎樣被惡性競爭虛耗殆盡？桑內特希望拾回一些適合我們年代的啟蒙主義精神，並希望共通的工作能力（不是上班！）教導我們如何管理自己，並且在這個共同的基礎上與其他公民產生聯繫。他歸咎於競爭帶來的壓力，正因為現代的精神絞肉機使我們失卻了與他平等相處的契機，動輒就陷入比較與冒牌者症候群。

在剛剛三節當中，我嘗試老實不客氣地挪用他的理論，將它接駁上散文這個同樣來自啟蒙精神的文類——如郁達夫所說：五四運動最大的成功是個人的發現——匠人精神是我們寫散文時利用自我的工藝，開闢一塊專屬自己的領土，在空中劃分意義；合作精神是在浮動凌空的虛構理論當中，互相協助並找到真實的根基；棲居精神則是在排除和區隔的大環境當中，尋找可以共存的一家咖啡廳。這大概是另一次替換部件的嘗試。

27

在我剛剛搬來台北的那段初期時光，可以說是百分之三百的兵荒馬亂：疫情正在封城、小說剛剛出版、準備研究所畢業論文、擔任出版社編輯、香港政局與移民潮……在這一切亂局裡我與妻子拖著行李箱和幾十箱書抵達這座城市，尋找落腳之處，勉力維持不被擊倒的姿勢。久未遇上的競爭，人生路不熟的環境，以及香港像分裝壓縮包那樣安裝了一部分在台北，這一切直接高壓燃點了焦慮。每天聽回來的對話不是比較誰認識的店比較多，就是誰認識的人比較有勢力，還有誰知道更多內幕，誰賺的錢比較不費勁又多。諸如此類。

我並沒有堅持太久，畢竟我沒有咬緊牙關苦撐下去的意志與理由。帶著支離破碎的精神狀態我寫了《痞狗》，一些職場的磨耗，一些文學與社會的落差，一些陌生城市的眉角。寫到後來，老話一句就是寫作可以舒緩鎮痛，但始終缺乏樂到病除的宗教體驗。我把工作辭了，在家裡低效地療養。《痞狗》的新書採訪裡，我說，這大概是一種不用交學費但也沒有獎學金的研究所生活吧，好聽一點叫賦閒，神祕一點叫土地測量員，現實一點叫失業。

起床就在家裡吃吃喝喝，然後泡在咖啡廳和酒吧裡喝喝喝喝，醒來就把這幾年積存在家的藏書一本一本地讀，讀完再喝，睡醒再讀。書是一種流淌到大腦裡的知識濃湯，社會學，人類學，哲學，經濟學。迷幻地過了半年後，我申請去台北的日式建築擔任駐村作家，寫了一份天花龍鳳的創作計畫。官方評審看了看就決定讓我在這幢百年老房裡寫出一部曠世巨作，我把這個目標混著至少二十一公升的啤酒沖進排水溝裡了。

準備搬進去時我想，憑我這精神狀態，二十一天別說甚麼曠世巨作，短篇小說隨筆都不一定寫得出來。何況人生有甚麼機會能揮霍一座日式老房呢，我已經在家裡蹲了大半年，沒甚麼道理換個地方繼續蹲，這裡蹲完那裡蹲太有體育精神了，我不來這一套。

就在那盛夏的三個禮拜，我執行了一項逆向海德格小屋的計畫，在都市中心把門開著，一連搞了八場活動，夾雜算不清楚的多少次酒局——在夏天的黃昏裡，當午後雷陣雨與颱風在小屋周邊肆虐，籠罩及覆蓋一切時，那是最適合思索文學的時間——有天晚上演講過後喝到凌晨，隔天醒來與十多位文友聚會，暢談最近讀過甚麼書。聊了三、四個小時以為終於可以休息了，開門送客時赫然發現外面站了一群詩人作家帶著清酒啤酒前來探訪。我還是艾略特式地老話一句，喝到斷片我支撐了自己的廢墟，那麼就照你的意思吧。又或是巴特的一句，作者已經死了，你們自由發揮。

那些從抒情散文到文學獎，再到隨筆的演講，後來形成了這本書的雛形——很明顯地這絕對不是甚麼曠世巨作，比較像是礦難現場。張俐璇在《建構與流變》裡形容九〇年代後現代思潮有些作家寫得就像意義礦工，我準備了幾十公升的酒精來挖礦。這個礦場開放了一份線上表單，讓人報名來使用它的客廳，找我討論最近碰上的文學煩惱。

其中一位來訪的是剛剛考上研究所的朋友，他說自己快被理論搞瘋了，甚麼馬克思主義，甚麼女性主義，甚麼後現代大戰後殖民，甚麼小說是虛構散文是真實，但非虛構又可以虛構。聽了一輪我才問他，所以具體來說，你被理論的甚麼地方搞瘋了？學術理論要搞瘋一個人有千奇百怪的方法，而且甚少是像拉康精神分析那樣，是因為直接讀不懂而崩潰的。甚麼大小對形拓樸學，讀不懂就讀不懂吧，去讀別的更好，時間寶貴。不用動不動就瘋癲與文明。

在這八場活動裡，與朋友對談時剛好也提到了一個文學界的老生常談：「要創作就不要讀那麼多理論。」這句話的潛台詞，其實就是要創作就不要被影響。這大概是一種影響的焦慮了。但我猜這句話的內核，還是理論會讓寫作變得不好看。至於是哪種不好看，應該是理論會減低文章的流暢性，夾有雜質，又或理論過於顯眼導致喧賓奪主，諸如此類的瑕疵。文章應該飛流直下三千尺，又或小巧精緻八面玲瓏，而理論的涉入就像增設了一個副駕駛艙，一種雙核心引擎，一不小心就會顧此失彼頭重腳輕。

千言萬語可以簡化成這個修辭：概念先行。但我們輕易就能看到問題所在：為甚麼是直接就是不要讀理論，而不是寫作時不要用理論就好呢？而概念先行作為一種問題，那麼概念可以後行嗎？概念又先行於甚麼？

所以其實，這算是一種經濟學問題了：文本足夠還是不夠？在一方面，英美新批評的精神遺產告訴了我們，文本要自給自足。自給自足就是千萬不要弄甚麼副駕雙核心，而理論還會把人搞瘋。你來我往那麼複雜，你就最好別讀了，專心寫好一點。另一方面，就是後來這套東西解放並暴食擴張，貪婪地攫奪一切，讓人情願相信：每一個截面、每一幅漂浮的畫面，描述它們時刻所動用的細節，其實彼此之間，以一種神祕的織法連繫在一塊。聚集著清單、日記、格言、筆記、評述、便條貼的漩渦，當然還有理論。

而理論絕對不會停止下來，在大學和研究所裡我們聽得最多的一句話，就是「你讀過這個理論，那你有讀這個嗎？讀了這個人，有讀另一個嗎？」讀了桑內特的《匠人》，有讀《合作》和《棲居》嗎？有讀鄂蘭和海德格嗎？

讀了德勒茲，有讀傅柯嗎，還有尼采，還有巴特……那晚帶著啤酒前來的研究所朋友，近來就是受到理論的鏈條所苦：讀了波娃，讀過西蘇了嗎，讀了克莉絲蒂娃了嗎？讀了現代主義，讀了後現代主義，寫實主義，浪漫主義，新批評和結構主義……頭暈眼花概念先行又後行，內側禁行機車外加兩段式轉彎，千言萬語，還是回歸一個問題：甚麼是理論？

再次拿出當年在大學部文學理論課當助教時用來湊時間的《文學理論》，卡勒用一個親民得讓人驚歎的例子解釋了甚麼是理論，以下例子採用落地轉譯：昨天，小明和小美分手了。我們一群八卦的人（當然沒約兩位當事人）晚上聚在酒吧裡聊天，然後有人說：「按照我的理論，那是因為……」接下來，這位說話的老兄應該說甚麼呢？

首先，這句話不會接著一個猜想，不會是「我猜小明有口臭吧」，因為這不是一個理論，這代表了有一個正確答案（可能不是口臭，是鼻毛太多）。確切答案不是理論，因為理論代表我們要提供一個不怎麼顯而易見的答案，而且要有一定程度的推測性，所以如果有人喝得太醉，大概會講「小明有嚴重的說教傾向，而小美認為權力不對等是不公義的」，諸如此類。反正這只是喝酒的閒聊。然而我們可以看見，理論並不一定要在學院當中，我們隨時隨地都可以使用這個詞語。我的理論是，駐村就是要喝酒喝到原地昏迷，而不是蹲下來寫曠世巨作。

除此以外，卡勒提醒我們，理論通常是一種對於常識的不滿。小明和小美分手不只因為這裡臭或那裡不合，那後面可能會有一個深層次的原因，沒有表面那麼自然。「理論既批評常識，又探討可供選擇的概念，它對最基本的前提或假設提出質疑，也對任何沒有結論卻可能一直被認為是理所當然的事情提出質疑。」而一個理論又會連著另一個理論，它可以跨過幾千年的歷史，也可以單純集中在的短暫時間之中。

理論是一連串錯縱複雜且重複疊合的知識，而且還涉及推測與失誤，嘗試與放棄。這聽起來與自然流暢的寫作悄然對立了，因為這裡不夠自給自足，不夠有機，不然自然。然而我們始終記得，這種心態也好，那些理論也罷，絕大部分都未滿百歲，還沒定型，還沒定論，就如 Essay 落地轉譯的困難一樣，隨時都可以推翻和更改。

在駐村的二十一天裡，不知為何一直回到了關於理論的討論——與蕭鈞毅對談時，他提到寫作本來就應該要讀理論，這讓我們知道自己身處何方。而白樵則認為，那些事先放棄理論的說法，讓我們無法觀察到一套完整的品味。至於我的看法相當簡單，生活本身就應該閱讀理論，甚至可以把理論當成隨筆來讀，那是一張作弊密碼清單，萬能鑰匙與萬靈丹。又如德勒茲的話：「理論如同工具箱，理論必須能被使用，它必須能發揮作用。實踐就是從一個理論點到另一個理論點的接續系統，而理論就是從一種實踐到另一種實踐的接觸。我的書應該被視為朝向外部的一副工具，如果不適合，那您就去找其他眼鏡，找到屬於你自己的工具，而後者必定是戰鬥工具。」

而在這些關於理論的故事裡，我尤其偏愛以下這個：由於不想每場活動也是由上而下地討論隨筆，又或是坐下來上理論課，有天下午我約了十多位從社群媒體認識的文友，暢談最近讀過甚麼書。他們全都不是作家，也不是編輯，甚至不是文學院研究生，單純就是熱愛閱讀的朋友。我敢說，他們任何一位都比我更深愛閱讀。

他們當中不少也在社群媒體上經營讀書帳號——這是一種熱愛的賦形——但由於都是匿名經營，線下不太確定彼此的長相。我就與大家約法三章，絕對不搞自我介紹，從頭到尾只分享我們讀過的書和喜歡的作家，還有最近想看什麼，舒舒服服地躲在曖昧不明的半匿名後面。到了後來，我忽然提起了一個月內才新出版的書，而且是一本經濟史導論，但原來大家都有關注這本，甚至有人已經讀完了。

那一刻我覺得有點感動，因為會買這種理論書的，又或者想跟其他人分享討論的，很可能單純只是熱愛閱讀的人，只是想看其他人怎麼把握和推測世界的人。我始終覺得，買理論書的不應該只是學生、老師、相關工作人員、作家。應該超越體系和場域來理解。把理論當成休閒讀物來看，我認為這是理論的民主。沒有什麼「你讀過A，但你讀過A的老師和學生嗎」的壓力，沒有那種在學院或職場裡踩扁別人的影響的焦慮。讀書本來應該是開心的事，理解世界也是。我今天只要開心就好。

那就像一場遊戲，一種智力的放鬆按摩，一種不知不覺的儀式與合作。到底誰會買那些磚頭一樣厚的理論書？我一直都很好奇這個市場是怎樣運行的，又不是靠政府與大學的補助，研究生與學者人口沒那麼多，而且他們總是佔著大學圖書館裡唯一一本死不鬆手，就連要交罰款都絕不罷休。原來是愛好者，是不需要在系統裡被絞肉機研磨的人。遊戲並不應該是一個貶義詞，它不是對於現實的逃避，相反，遊戲讓我們學習怎樣與遊戲規則相處，也讓我們建立自主性，因為至少，我們可以創造與實驗各種自己想要遵守的規則。

這讓我在回憶當天他們帶來的書，小說、散文、回憶錄、訪談集、書信集、經濟學、社會學，諸如此類之時，彷彿看到一座有機成長的開放城市，從上而下的規劃與從下而上的生活碰撞敲擊，組織出一種多義的Ghetto氣質：我們都是知識上的貧民，然而它是鑄造的，是傾注的，就算被隔離在森嚴的系統以外，每天也能夠使用吊橋互相滲透，如若林蔭大道的邊境黑市。在這裡，我們建立了一種游牧的曠野。而這始終是一件好玩的事，如同在學院以外寫一本關於散文的書。從自我的匠人，機制的合作，理論的棲居，把東西拆卸開來，再逐一裝回去。這是一種生活的匠藝——能工巧匠是合作的人，他們在共同努力創造好東西的過程中，理順了與他人之間的關係。如果這樣已經能夠獲得快樂，誰管那些動輒就想把人踩在地上的競爭呢？

那天下午暢談三、四個小時後，開門送客時赫然發現外面站了一群詩人作家帶著清酒啤酒前來探訪。體力不支外加酒精作祟的我突然想到——酒精於我而言總是機智的，經常使腦裡兩個友好的思想突然之間久別重逢——饒舌歌手 A$AP Rocky 有次受訪時，不知道嗑了甚麼迷幻藥，卻講出了一句堪稱為論嘗試文核心精神的話：「但你怎麼能批評這個世界上那些真的在嘗試做點事情的人？他們在嘗試！從甚麼時候開始，嘗試變得不酷了？」後面是一句髒話，大概就是這個意思。

28

在駐村的二十一天結束時，剛好遇上了颱風天，我坐在家裡思索了兩天，動筆寫下了這本書。這並不是第一次了，在離職這一年來我始終想補足《痞狗》不夠完整的遺憾，雖然我用了很大力氣說服自己，散文的可貴並不在於它的完整，而是碎片的昇華，但我們就不要假裝《痞狗》昇華了甚麼碎片了。我在八月——《巴黎評論》的慣用題目：請問您的寫作習慣是怎麼樣的——每天中午起床，下樓去便利店買一杯三倍特濃咖啡和便當，不能吃太飽，然後坐下來寫。每寫一節就輸入電腦。黃昏時散步去找妻子吃完晚餐，回家把稿子印出來，睡到大概十二點自然醒，再用筆修改。有時低頭累了，就躺在沙發上用手機修改。

我強烈推薦每位寫作者在家裡都要放一台印表機，最便宜的都比下樓找地方印出來方便。誠如奧斯特所說，打字和手寫是一種相輔相成：「打字逼我以一種新的方式體驗該書，使我投身於敘事流中並感受它是如何以一個整體發揮功用。我把這過程叫做『用我的手指閱讀』，而令人驚異的是，你的手指會發現那麼多錯誤，而眼睛從未注意到。重複，笨拙的結構，破碎的節奏，屢試不爽。我以為已經把這本書寫完了，就開始再打一遍，結果發現還有更多工作要做。」

還有更多工作要做，這是非常實在的詛咒了。這一年來每當我想要動筆，甚至已經寫下一兩萬字時，就會有更多相關的資料映入眼簾，讓我不得不重陣旗鼓嚴陣以待。直到這次，我都不知道自己能不能寫成。我給自己一個月的規律時間，然而事實上，一路寫了四個月縫縫補補，才形成現在這個模樣。隨筆這扇大門後面包羅萬有，我只能慶幸，自己並不是在寫論文，不在體制，不謀其位。

我依然還是偶爾會興起馬上動身回去學院的念頭，然而在那裡我不敢造次，放不開手腳去塗鴉。我知道單線條與接著說的魅力，學者的分析有更堅實穩固的樹根，學院的資源與分配豐沛得我難以企及。然而我不想寫一本教科書，不可能寫文學史，也不是在鑄造理論。這是一台小小的機器，與許多其他機器所連接，其中一個接口對準學院，而另一邊是時尚，一面朝向都市，而另一面需要咖啡。我在這個遊樂場上盡情造次。

次貨與碎片一樣，暗示在它附近有著大量其他事物，有更好的原裝正貨，也有更差的粗劣製品。然而次的臨時倉卒是我所偏愛的，它更有**生機**，是一種短暫駐紮，也是一次依序編排。它顯露的是一種亂中有序的氣氛，同時生猛地說：這就是我，這樣我**快樂得很**。也許這就是隨筆獨立在論文身旁的氣質了，它將堅實的論點與敘事轉變為孤立的突出點，如若格言般閃爍著光芒，並構成了作品的一個群島，各種碎片沉積，形成潮流，淺灘與魚群，流淌的節奏時而宏偉權威，時而熱情迸發，時而緩慢精確，時而疼痛愉悅，時而猶豫脆弱，時而殘酷專橫。隨筆是以上所有動作與氣質的混合與集合。

在黃錦樹的提醒下，我記得文類的邊界劃分並不那麼純粹，有時甚至模糊得難以辨認；在齊美爾的分析下，我看到一個細節只向鄰近的階層打開，不在圈子裡的人甚至沒想過需要理解；在德勒茲和瓜塔里的表演下，我觀察到攫取一切和替換部件的魅力；以及在桑內特的鼓勵下，我知道擁有一個箭筒（quiver）的重要性，他說，匠人需要有一箭筒般（quiverful）的技能列表，每種技能都適合進行某項特定任務。儘管有時我們認為，熟練意謂著找到一種正確的方式來執行一項任務，亦即手段與目的間有一對一的配對。然而更全面的發展模式，是去學習以不同的方式去解決相同的問題。具備一整套的技能，才能解決複雜的問題。很少人只憑一招半式就達到所有目的。

一個接一個的理論，一位接一位的大師，我始終以散文作為一個車站，把他們各自的特產走私回來，暗自營業。隨筆的特質和願望並不是從短暫裡尋找與過濾出永恆，相反，它更願意使短暫成為永恆，而這個圖景本身就是相當浪漫和好玩的事。大衛・福斯特・華萊士〈所謂好玩的事，我再也不做了〉最後一段是這樣的：「我都沒來得及和船長拍一張照片，就再一次回到了岸上充滿各種慾望的真實生活中。與之相比，整整一周無憂無慮的生活其實也並不算太糟。」我們可以看到一個倉卒造次的形象，寥寥數筆足以顯出作者的心理分裂，但它仍然誠實地告訴我們，隨筆可以與從災難裡搶救生命的形象相距甚遠，並非要在艱險奮進的圖景當中才能發奮抒情，隨筆只是，也只能是，在短暫易逝的事物裡攫奪吉光片羽的靈感，在生活四拍四的節奏當中，敲出清脆的切分音符。

而散文，這個觀看一位觀看生活的人的生活的文類，始終都在開墾一座專屬自己的花園，一個遊樂場。桑內特形容，建築物基本上不會是孤立的，而文類也始終會連成排屋，組成街區，形成城市。從夜空俯瞰下去，這幅文學地圖點線面都璀璨發亮。即使海明威在接受《巴黎評論》訪問時劈頭對著記者說，「我中斷自己認真的工作來回答你的問題，足以證明我蠢得應該被判以重刑了。」但他還是說，他對舊友與編輯保有敬佩與忠誠。

卡佛儘管在門上掛了個「謝絕採訪」木牌，還把電話線拔掉，但提到當年與好友約翰·齊佛（John Cheever），也就是寫《游泳者》的作家，一起去買酒的故事。「我倆一九七三年秋季在愛荷華大學寫作班教書，當時我和他除了喝酒外什麼都不幹。我是說從某種意義上我們還是去上課，但我們在那兒的整個期間，我不覺得我倆有誰曾把打字機的罩子取下。我們每週兩次開我的車去店裡買酒。」奧斯特雖然大部分時間都獨自一人坐在房間裡寫書，這樣他**快樂得很**，但是「在九〇年代中期參與電影工作時，重拾與別人一起工作的樂趣。我喜歡成為一個小團體的一部分，一個有目標的團體，每個人都為共同的目標有所貢獻。對我而言，那很可能就是參與電影製作最棒的地方：團結感、相互之間講的笑話、結下的友誼。」至於村上春樹雖然規律而且「不喜歡團體、流派和文學圈子」，更「沒有任何作家朋友，因為我想保持距離」，然而提到村上龍時：「當我第一次讀他那本《寄物櫃裡的嬰孩》，頗感震驚，我打定主意要寫這種氣勢強大的小說，於是我開始寫《尋羊冒險記》，可說是想較勁吧。」

寫作是一座熱鬧的都市，尤其是當我們站在文類界線的火車站前，會發現這裡人多勢眾。在最後的最後，結局的鐘聲終於敲響，清單上的項目都已收拾，列車即將再度啟程之時，誠摯感謝讀到這裡的你，參與這趟旅程的你，挑起眉頭發現理論嫁接得崎嶇不平的你，手癢難耐想要回應的你。我在這裡舉辦了一場如若在日式宿舍那二十一天般的狂歡派對，並即將邀請更多朋友與良師來參與暖房派對，讓這座城市的邊境林蔭大道更為熱鬧。祝福每一位來到這裡的朋友，能夠尋找到合適的遊樂場，開墾出一圈專屬於自己的花園，在這裡盡情放肆，敢於造次。

暖房派對

29

去年到了工作尾聲時，在老闆的 YouTube 頻道搞了個節目介紹書本，那時每周一次在錄音室對著鏡頭說，大家好我是你們的主持人沐羽，歡迎回來……但其實回來的人真的不多，導致每次說出像是大家或是你們或是回來之類的詞彙時，心裡都有點虛。那時就想，我可能真的不適合吃這行飯。

但我適合吃甚麼飯呢？大概就是與三五知己把錄音室改裝成酒吧客廳之類，沙發或懶人椅，香煙與飲料在觸手可及的地方，如果冬天就架起暖爐，如果夏天就開著冷氣，隨隨便便，這樣就一集吧。這樣的一集節目總是讓我想到，新書書封上的推薦名單，其實算不算一種客廳？能不能算一種聚會和派對？

基於這樣的想法，我把《造次》的房間拆掉改組，歡迎各位前來作客。英文是 housewarming party，直譯過來是暖房派對。其實就像 essay 那樣不翻比翻譯還酷，就可惜我在翻譯上沒甚麼創意，只好沿用這樣的直譯了。大家好我是你們的主持人沐羽，歡迎回來……

蔣亞妮：在理論與散文之間、在 Essay 與抒情經驗之間，你決定如何「走私」自我？讀你的散文似乎更像是對走私很敏感的海關類型散文家（並沒有這個分類），記得曾在二〇二四年國際書展聽到你和陳慧談起自己寫小說、散文的各種難與取捨，你更傾向將自我與私我，留給何者？

沐羽：我大概是天底下最不適合當海關的人了，可能還會對走私客豎起大拇指。不過如果身邊的人對走私行為義憤填膺，我也只好把拇指收回口袋裡去。當然，如果讀到一些不太喜歡的東西，一般而言我也會有根中指在口袋裡的。

我的私我就在口袋裡有時拇指有時中指，有時 OK 有時比耶。我比較少去用文類來思考甚麼時候才會把手拔出來，比如小說適合中指而散文適合拇嗎？童年經驗就比較適合剪刀石頭布？

這些年來的閱讀讓我由衷敬佩將自己的生命經驗策展成博覽會的作家——看這裡！是這樣的！或者這樣，或者這樣……這是一種美術館式的設計思考，至於我呢，這些自我私我，這些從口袋裡抽出一個手勢的嘗試，一般而言我不留給小說散文，不留給文學，我總是留給酒吧。拜蕭鈞毅所賜，在清華耳濡目染幾年後，我講起話來手勢像個交通指揮。

施清真：提到作家的私我，周芬伶在《散文課》裡說：「散文除了自由之外，還包含我們對美好文字與人格的追求，也就是說，我們在散文中尋找理想的文字與理想的人格。」請問這是不是即為你所謂的「黃金之心」？

即使秉持黃金之心書寫，散文果真能夠呈現出真實的私我？換言之，散文集道出的世系、性格、嗜好、思想、信仰、生活習慣等，多少是真實、多少是虛構？這個問題當然是大哉問，也是眾多爭議的核心，周芬伶在《散文課》裡提出感情的真實與人事物的真實，言下之意似乎表示散文的感情必須全面真實、人事物則可部分虛構，對此，你有何看法？

沐羽：黃金之心不是我的，我沒有這個器官，這是黃錦樹老師的發明（雖然我始終不知道它到底來自《JOJO的奇妙冒險》還是《海賊王》）。它大概就是一種現代文學的構想，講求散文作家面對世界時的磨擦跟和解。用甚麼來跟世界磨磨蹭蹭呢，以老師的定義，是中國抒情詩留下來的基本教養，純情真摯的抒情自我。

這大概就是對於美好文字與人格的追求，很可惜的，我應該是沒有共鳴了。不過共鳴歸共鳴，感人歸感人，檢驗歸檢驗，如果有人跟我說他寫的文章的原因是他想追求一個美好人格，是他以純情真摯的自我與世界磨磨蹭蹭，我絕對會受不了這麼燦爛的陽光而像吸血鬼那樣退回家裡喝酒打電動吧。

我的看法是，當我要去確認那篇文章是不是真的以前，到底我為甚麼要看？如果我是基於某種原因而去看一篇文章，它是不是真的會影響我的美學判斷嗎？

讓我相當偷懶地回到神話不再事件開闢出來的兩條路線吧：A、如果我想讀這篇文章，是因為想欣賞作者的黃金之心，當文章是虛構的時候，當然會感到被背叛；B、如果我想讀這篇文章，是因為想看作家張牙舞爪的文學演出，當文章是假的時候，其實也不關我甚麼事。所以說，我真的不適合當海關，文學的異鄉人們可以在邊境遊蕩沒有所謂，不要因為太陽太大舉槍駁火就好了。

推書手L：沐羽在文中提到抒情散文是華人散文寫作的主流，台灣許多文學獎也經常被「抒情」給限縮住。除了散文發展的歷史脈絡外，你認為還有甚麼原因，限制了華人論述文或隨筆這類非抒情式的寫作？例如你的前一本作品《痞狗》中，就混和了很多非抒情的寫作，好奇你在該書的寫作過程中是否曾經直面過那層阻礙？

沐羽：再這樣搞下去《造次》就變論文筆試了，但論文是很難證明我們的前人為甚麼選了A而不選B的。不過這本是Essay，雖然是這樣說啦，我也不敢說為甚麼前人選了A而不選B。像布赫迪厄那樣說是雨果搞得後來的文學愛好者們討厭講錢，又或像諾思那樣說是新批評和凱恩斯主義讓人文學科鎖在大學裡頭，我自問沒有能力做出這樣的推論。至於非抒情的阻礙，也許就是銷量和迴響吧……可能來參加派對的人數就只有各位了，大家好我是你們的主持人沐羽，歡迎回來……

白樵：散文tricky處或許在其「地方性」。法式essai守備廣（單舉費米納獎作《房間的歷史》、《民族—小說》、《普魯斯特情愛字典》、《陵墓—我的家族式自傳》等）卻少有爭議；某台灣散文大師曾言：「在言論不自由國家如中國，散文成就有其侷限。」《造次》援引馬華、香港、中國、台灣學者的觀察論證。除了本書的總論成果，想聽你對華語系統內，各國散文主體差異（有機器間的反合作阻絕點？）之觀察。

沐羽：先前看樊善標老師的著作，寫到香港散文的主要發表場地其實是副刊，又看到劉軍老師，寫到中國散文眼花繚亂的系統，一個省可以提出一個散文理論來。要扭出一條對比軸就幾乎是一種地緣政治經濟體制研究了，讓我偷個懶吧。我感興趣的是在那後面的事：散文成就的侷限是甚麼？是自傳契約，言論自由，金融掛帥還是甚麼？

以小說和詩歌作為主體的大學環境，散文靠向作家本人的經驗，有種補充性的氣質。同時，文學又讓我們從作家身上移開視線，去看時代背景，去看文學理論，去看諸如此類的東西。散文就成為了相當尷尬的存在，當然，就是因為在剩餘的地方才能挖出好玩的東西，但是事實就是，有時人就是不想玩得那麼有挑戰性。一如下班回家打電動未必會選困難難度，黃金之心會心肌梗塞的。而黃金之心通常又是地獄難度，但有時為甚麼不簡簡單單呢。

雨城說書：身為寫作者，該如何面對「個人經驗的單薄貧瘠」？如同黃錦樹所說「不幸也是一種贈與」，散文獎的虛構，某種程度不也來自對創作者來說，無話可說才是最恐怖的？除了轉戰遊走邊界之上的隨筆，是否還有其他面對此困境的方式？

沐羽：用經驗來換取寫作內容是一派，用經驗以外的材料換取寫作內容也是一派。我今天喜歡鳳梨，明天可以喜歡別的。又或者說，我今天喜歡寫散文，說不定某天就不喜歡了，誰知道呢。

問題其實就在這裡：散文的無話可說，跟散文獎的無話可說，能夠是完全相反的兩回事。意思是，當我想寫些甚麼但我沒有甚麼能寫時，就有如便祕不知如何是好。但這也不過是便祕，調整一下吸收習慣總能修好。不過散文獎就是大不出來但明天就要給醫生檢查，還有最佳腸胃消化獎金，這時管不得那麼多不如去偷一下附近的材料——難怪這叫神話不再。

蔣亞妮：你在書中也聊啟蒙、聊讀書升學與文學，想知道，若再問你一次（以當年考大學補習班的公式運作）：「中學生應否談戀愛？」你會如何作答？並請舉例一二，若要跳過此題，也可以試回答以下這題：若是文學獎得獎作品（真有）一個體裁，你是否曾經動用或是推廣它呢？

沐羽：在我大學第一次得文學獎時，寫的是一篇關於我祖父過世的散文。我得了亞軍。得獎文章公布後，我看冠軍是我的朋友，寫的是他父親過世。我有一混帳朋友對我說，幸好今天不是他本人掛掉，不然按此邏輯，他就贏定了。為免跌落季軍，我只好忍著幹掉他的衝動，善刀而藏之。

動用是動用了，儘管其實我也不知道自己到底在動用甚麼。大學生的經驗匱乏，老實說，是一種祝福吧。如果大學生已然是雕欄玉砌應猶在壯志飢餐胡虜肉，這社會應該出了相當嚴重的問題，趕緊移民吧。

中學生應否談戀愛其實真不關我甚麼事，但它的背景是這樣的：香港升大學的制度相當競爭。在我那時候約五個人裡只有一人能考上，與此同時，香港高舉著贏在起跑線上的升學主義，考上大學就能飛上枝頭諸如此類。當然事實上並非如此，看我這樣子就明白了。所以問題的核心是，你能夠平衡自由戀愛和升學主義的矛盾嗎？答案就是，說得好像談得到戀愛一樣……能談戀愛的中學生管你辯論甚麼呢……

蕭鈞毅：從《造次》裡我們可以見到你解答自己疑惑時的軌跡，那是一種不間斷的嘗試，但我也從這樣的嘗試裡看見了一種焦慮。那是找出問題、嘗試解答，但卻只能僅止於眼下的狀態——我看見《造次》是一項深刻的，說服自己，說服一個敏銳的創作者——的過程。可能當問題浮現時，所有解惑的嘗試都必然要經歷這個過程。而這個過程裡，即使你已經努力享受於過程，卻還是難免對現有的結論不甚滿意，永遠在可能的答案面前，懷疑自己是否距離答案越來越遠。這種渴望是可貴的，卻也是焦慮的來源。我很好奇你平常——不如我們貪心點，連同『創作時』也一起——如何應對這種焦慮感？非常精采的一本文集，謝謝木馬的用心。讀了好作品總是心情愉快。

沐羽：我的寫作，包括草稿與發想，跟打電動一樣，也跟收拾行李一樣，也跟做雜事一樣，都共享著相同邏輯：現在不趕快記下來，以後百分之一百會忘記。一如在浴室洗澡大便時想出了驚天動地的概念，推開浴室大門出來後就會徹底煙消雲散。

於是我們手上就有兩種焦慮了：A、做得不夠的焦慮；B、遺忘的焦慮。

我寧可背負一堆A都不想在虛空裡尋找B。「我的手機放哪了」的答案幾乎不會是收在包裡口袋裡，通常都是在公車捷運之類地方。這才是離答案越來越遠。因為有東西就是有東西，像我在玩城市規劃遊戲時，通常一小格一小格地設計街區，最後真的不行就一口氣都市更新。又像巴特講的，我不擅於完成一種構圖，我不懂如何製造大的塊面。

葉梓誦：沐羽老師已把我想說的都寫好了，我跪地痛哭，只能勉為其難，問出同一個問題的諸種變體：如何想像作者與引文之間的關係，又或者說，作者與作者之間的關係？對你來說，在散文這個咖啡廳之中，擠在一起的人們是孤獨的個體，抑或他們之間的情誼有其他表述的方式？歸根究柢，在散文之中，如何理解友誼這一回事？假如跟文友都喝到肝硬化了，該怎麼辦？

沐羽：我還是對鮑曼的比喻情有獨鍾，雖然時隔多年我真的忘記是流動這本還是流動那本裡的了。他說，現代人就是一根柱子，把這些柱子捆在一起也不會變一根巨柱，只是捆在一起而已。當然這會讓人想到那從小聽到大的兄弟寓言，一根筷子易折彎一堆筷子難折斷。

班雅明的夢想大概就是這樣吧：完全由引文和精心編纂的一大捆重述所構成的一本批評著作。孤立的柱子儘管不會融合，但它們那種形式上捆在一起，又情不自禁地有些空隙的狀態，似乎就是引文與引文，引文與作者的關係。

大概也是一種友誼。雖然我並不如何相信純粹的以文會友，一如在回應亞妮時，寫到一般而言我不把自我留給文學，總是留給酒吧。文友最後不要在我喝到吐時還給我在那邊追憶逝水年華，幫我買寶礦力和胃藥吧。散文可以是友誼的序章或引文，但遠不是全部（友誼有全部嗎？）。

雨城說書：如同村上春樹對村上龍產生的競爭意識，有沒有甚麼作品或作家，讓沐羽覺得「我也要寫出一部那樣的作品！」，或是深受刺激，讓你想嘗試類似的題材或手法？

沐羽：自葉梓誦介紹我看《Essayism》後，我大概隔了一兩年才找到這本書的實體版。我實在沒辦法讀英文電子書，光想到查字典寫筆記的筆觸就渾身不舒服。是這樣的，狄倫的《隨筆主義》和伍德的《小說機杼》，還有《羅蘭巴特論羅蘭巴特》，都讓我很想玩這樣的寫作遊戲。像是明星三缺一了，而眾所周知，缺少的那個肯定不是明星，通常是條雜魚。

小說就容後下本書再談吧。自《痞狗》出版後，有讀者朋友跟我說，全書最後那份參考書單很有價值耶我買了很多本，我就發現原來列舉書單真的必有迴響，真是恐怖……只好希望《Essayism》盡快出版繁中翻譯。拜託來一家出版社找葉梓誦譯了它。

施清真：你在書中說，郁達夫曾形容，散文集道出作家的世系、性格、嗜好、思想、信仰、生活習慣等，閱讀散文集，彷彿就認識了作家。你也說這是一個甜蜜的假象，這讓我想到小說家李翊雲所言：「知曉一個陌生人的一生，對我們有何好處？但當我們閱讀某人私密的書寫、當我們與她一同體驗她最脆弱的時刻，當她的字句比我們自己更能流暢地傳達出我們的心情，我們還能將她視為陌生人嗎？我說服自己，讓自己相信閱讀書信與札記即是與作家的對話，但這麼說顯然是油腔滑調，等於是將聆聽交響樂和演奏交響樂曲畫上等號……」（Dear Friend, from My Life I Write to You in Your Life），這麼說來，閱讀散文，我們果真能夠瞭解作家的私我？

沐羽：我想這段話的重點應該是「我說服自己」吧，而這不也是文學最讓人感動的成就嗎？作家說服讀者去自己說服自己。我說服自己熄滅自己的聲音，跟隨著敘事者的導覽，觀看各種路線，到後來熟練了，可能比作者更像作者。而這大概就不是對話（人文學科實在好愛對話），也不是交響樂（但我確實也不懂交響樂），我覺得是混剪，取樣，改造，饒舌。

所以我們確實無法進入作家的私我，有時我會相信，我們可能瞭解一位沒有出過書的朋友，要比瞭解一位出過書的朋友，來得深入許多。在一位作家面前，我們手上只有文本，唯有文本與文本，以及文本與文本之間的空隙。在這些空隙之中，我始終找不到作家棲居在此的臉孔，只找到自己說服自己的臉孔。我把這個臉孔敲碎拿出，組裝成別的模樣，讓其他人去尋找自己的臉孔。

朱嘉漢：看完書稿，我最困惑的是沒有寫到昆德拉——不僅沒有專門一章提，甚至連提都沒提。看過《煙街》知道沐羽對昆德拉是有愛的（怎樣的愛就有待討論）。而昆德拉不僅是小說擅長，晚期論小說的幾本 Essay（《被背叛的遺囑》、《小說的藝術》、《簾幕》）甚至比他晚年的小說好。甚至，他的小說裡揉合了不少隨筆般的段落，這也是他所謂歐洲小說的精神之一。想問沐羽，整個書寫計畫為何會沒談到昆德拉，以及不妨用整本《造次》的筆法與問題意識，也來談談昆德拉吧。

沐羽：我也嚇了一跳，不是你提到我完全沒有注意這回事。可能因為《痞狗》寫過了嗎，潛意識地完全避開了他。又或可能我把他完全定位在小說家那邊，就是用隨筆來寫小說的那派，讓我沒有反過來想這回事。失策了。《相遇》是多麼好的隨筆集。

而我始終對昆德拉作為敘事者在小說裡像唱K時佔著麥克風從頭唱到尾的形象印象深刻。所以在08一節的第一行，還是忍不住戲仿了《生命中不能承受之輕》的句子，以表困惑。在《痞狗》裡，我寫道，「到了最後，小說的主角就成了這個填滿的動作本身，這個手勢，這雙孜孜不倦無時無刻都在勤奮補貨的手。小說強調的自由和立體在這刻倒轉過來，而敘事者成了控制人物的暴君，因為他的人物除了過馬路要聽話以外，每個細胞每個毛孔都成為說教的論據，除此以外幾無價值。『整體而言，小說不過就是一個長篇的質問，沉思式的質問（質問式的沉思）是我構築所有小說的基礎。』昆德拉這樣說，這種質問會導致的直接後果，就是人物只是個論據。」

這可能就是我下意識避開他的原因嗎，我也不太確定。畢竟是隨筆，我沒有虛構角色作為抵抗前線，讓我覺得那幾乎是兩回事。不過順帶一提，最近在寫小說取材時，還是覺得昆德拉是個取之不竭的雜貨店啊。

施清真：你在書中屢次提及散文說服我們的方式與小說不同。你說：小說可以優雅地呈現生活，而散文家「把文字砸在你臉上，呼嘯咆哮著這片泥濘就是我的生活」。但小說家理察·鮑爾斯說：「世間最精闢的論點也改變不了人們的心意。只有精采的故事才辦得到。」對此，請問你有何看法？

沐羽：在《痞狗》裡我寫道，故事就是貨幣，是不能或缺的社交資本。人始終是通過交換並捕食著不同的故事而活著的，可以想像一個完全沒有故事的世界嗎？這本身已經是一個故事。如果要舉個例子，人是為了甚麼跟另一個人跑去喝酒？答案極少是因為酒很好喝或想要喝醉。可能因為友誼，因為性，因為解憂，因為夢想，因為合作，因為計畫，因為陷害，因為和好如初，因為想談音樂，因為大象或鴕鳥，因為太空人與外星人。所有目的達成之前所經過的時間裡，人交換的就是故事，能掏出來的就只有故事，在人際關係裡它的作用不亞於金錢。

用貨幣來說服人吧，雖然這聽起來有點像在勾結甚麼東西的金融犯罪……但一如昆德拉的小說是論點加故事，而散文其實有時也是如此。我覺得無中生友和託之空夢是讓散文家變得異常靈活的技術，但這樣說是不是又太過海關了。

白樵：最近讀安清的《在世界盡頭遇到松茸》。巧遇許多與《造次》共享的關鍵詞（廢墟、開放性聚合體、零碎區塊、合作生存等）。其中我想史畢娃克式誤讀，挪用安清的「磨擦」。磨擦是全球化運動在他方推行時遭遇的衝突、曲解、誤用，卻因此，整體「機器」得以運作，擦燃新的契機。《造次》精采，在《千高原》式流暢替換內部零件，從桑內特、巴特、桑塔格、伍德延展拉長到空間與文體。我的問題是：你在拆解西方正典，過渡日記、格言、清單至抒情散文，有衝突或失靈至必須割捨某概念的時刻？可否展示那些未用的半成品或碎片？

沐羽：《造次》捨棄的東西太多了，有一種剩菜都能隔夜弄出一碟揚州炒飯的感覺。先前讀到一個說法，是寫到卡繆《異鄉人》的初稿就像塞得太多貨物而無法起飛的飛機。《造次》最初幾稿確實有這樣的感覺，這又一坨那又一坨，坨泥帶水了。

然而如果真的要說我丟棄了甚麼最重要的部分，我想，其實是碎片這個概念。這實在是致命的一丟，在這以前，《造次》的嘗試——那時甚至還沒叫《造次》，甚至自暴自棄想過叫《沐羽》算了——曾經是無以數計循環增強的片段。但我大概達不到那樣的程度，也如若那個在回應蕭鈞毅時提到走出浴室的比喻，我怕再放著不寫這本書就會徹底煙消雲散。我只好丟棄那樣，而選擇這樣。而連貫穩定確實是一種優點，至少日後，如果我想製作碎片裝置藝術，也有一個可以回去的機庫了。

雨城說書：沐羽怎麼看待肆一、黃山料、不朽等人的文字（或類似的社群平台文字創作）？他們的作品高度關注自我、「抒情」、緊密貼合市場機制，內容上也是回應「被拋狀態」的一種嘗試。而如同隨筆（essays）的命名困難，儘管博客來等通路將他們的作品歸類在「散文」，閱讀與不閱讀這些作品的兩群人，定義這些文字的方式截然不同，而當前的討論又往往流於品味區判的焦慮。

沐羽：通路還會把散文放在小說的子分類下呢，說起來，《二手時代》被菲茨卡拉多出版社放到 Essay 欄，其實也是差不多的道理。當需要建立分類規則時，我們總是可以採取最方便的手段來解決問題，以免想得太多。工程師的名言：如果它沒故障，那就別動它了。

以此邏輯其實就是品味區判，事情就是一邊有一套標準，然後另一邊有不同的標準，直到出現問題為止。而我想，最方便的手段就是將市場踩在腳下，如果還能放心地踩，那就別動它了。所以說到底，其實不是你舉的這一系列作家的問題，也不是這十年來社群媒體上其他二三四五六系列作家的問題，以前還有報紙雜誌的連載作家呢，往日屈居人後，如今苦盡甘來。反過來說，這些作家養活了多少位出版社從業人員啊，又或者說，付錢買他們作品的讀者們，都是養活這個體系的人。如果要佔著品味高地真的想檢討甚麼，那簡直是全民大檢討，東征西討，討花源記，在劫難討。

其實是這樣的，散文有在學院裡的一套規矩，也有在市場裡的一套規矩，當然也有在網絡或其他地方的規矩。沒有甚麼好焦慮的，有人喜歡麥當勞也有人喜歡健康餐，這時候作為健康餐代言人，最最最不應該做的事情，大概就是跑去麥當勞門口拉布條宣稱這裡的客人全是笨蛋吧。會去這樣做的才有問題。就是這樣的邏輯。

備份檔案

30

寫到第三十章了，我正躺在床上用手機輸入《造次》後記的初稿。這本書大概是我這些年來最奇怪的事情之一。年初在《痞狗》出版過後，梁莉姿來採訪我，問我最近在幹嘛。我說，我把工作辭掉蹲在家裡啃書，當個不用交學費但也沒有獎學金的研究生，後來這成了她在 Openbook 的稿題。其實也沒有學位，也沒有教授和同學。所以我就是我自己的大學、教授、同學、教室和行政機關。《造次》就當是我的期末報告吧，但千萬不要叫它論文，我寧可它被叫作一個「東西」。

這一年來我最好奇的事情說到底也只有一個：我究竟是怎麼把自己搞成這樣子的。為了仔細檢查，我像醃菜那樣泡在書裡。年初從關天林那裡借了諾思的《文學批評》，找到了這條挖掘之旅的起點。正所謂有借有還上等人，如本書書名所示，次等的我至今……竊書不能算偷，讀書人的事，能算偷麼？

但我在出發以後，確實很少停留在文學的群島。就算我多想按著文學和哲學的指導，從自己內心出發去理解為甚麼會歪掉，也始終沒有辦法太過自信，以為自己可以憑藉一己之力就把自己搞成這樣。裡應外合才是搞砸一個東西的最佳選擇，我看看裡面，看看外面，左看右看上看下看，原來每個環節都不簡單。

其實這本書的內容本身就是一個漫長的解答了，在這裡我們還是來講一下別的事情吧。我從《痞狗》交稿排版時，就一直覺得最後一篇寫得非常心虛。那是一篇反思散文的散文，只是邊寫邊想，這裡不行我不熟悉散文的歷史，那裡不行我不熟悉散文的哲學。這裡不行那裡不行到了印刷成書後我才發現，這種不行直接體現於就連句子都纏成一團縣一打開全是像魚那樣迂迴游動的不字。那時我覺得，如果要在家裡當個研究生，就從散文開始研究吧。老蒙田命題了。我坐下來，開始拆解那些自己捆綁在自己身上的虛線。

再抒情一點吧。二〇一四年當我第一次在大學圖書館借到《百年孤寂》時，大腦就像被空襲轟炸，決定把以往學過的寫作技術掃到廢紙箱裡。首先就要把驕傲踢到一旁。雖然是說那種驕傲只是一種自保的武裝，在所剩無幾的技能裡組成一個護盾，本來就該丟了。只是在被馬奎斯徹底掃蕩過以後，我才真正覺得，應該重新再學一次手上這套技術。

再再抒情一點吧。香港有首流行曲叫〈給十年後的我〉，大概是「這十年來做過的事，能令你無悔驕傲嗎」這樣的勵志展開。如果跟十年前剛讀完馬奎斯的我說，你十年後離開香港去了台灣，出版一本寫散文的散文，在受訪時還說自己是個不用交學費但也沒有學位的研究生。他應該會非常魔幻寫實地跑去狂嗑維他命以保精神健康吧。

今年冬天，《百年孤寂》的劇集版上線了。十年過去，其實我對劇情已經完全沒有印象，對著電視講得最多的話是，原來這件事是發生在這角色身上嗎。十年以前，我為《百年孤寂》寫下了大概是人生第一篇書評，引用老邦迪亞的話：時間這台機器散架了。而我始終覺得，在我的時間散架以前，應該創造一台小小的機器來備份存檔。次貨也沒有關係。

這就是我跟文學始終保持友好關係的原因吧。我總是先從身邊有的材料出發，然後過於執著地美化它。直到碰上像《百年孤寂》這樣無可抵禦的力量，又拆掉重組一批材料，又繼續去美化它。一次又一次，一次又一次。又像老邦迪亞一樣，把玩一台機器直到失去興趣，又去玩下一個遊戲：望遠鏡、星象儀，煉金術、自動鋼琴、機械擺設。這讀起來怎麼像是《千高原》的比喻鏈條呢。

所以，我的課題是，我怎麼搞成這樣的。我的答案是，管他的，我要把自己搞成別的樣子了。接下來我將要回去寫小說，如果你真的想問，為什麼這本書裡沒有香港。我會說，我這本書正在從香港放個無薪假期。小造一次。

對於這本書的期待其實只有兩個，第一像是黃華成橫空出世的《大台北畫派宣言》：採語錄體，便於「斷章取義」之；得隨時增減之。第二像是夏宇剪貼拼裝的《摩擦．無以名狀》：想想這些沒有機會成為另一些詩的詩；某晦暗、潮濕與偏執。

《造次》作為一台小小的時間機器，拿去隨便使用吧。我把一部分的自己放在二〇二四，以後就有勞各位跟當年的我打招呼了。

20241220

書目

大衛・福斯特・華萊士著，林曉筱譯：《所謂好玩的事，我再也不做了》
川村由仁夜著，陳逸如譯：《時尚學》
巴黎評論編輯部：《巴黎評論・作家訪談錄》
王智明：《落地轉譯：臺灣外文研究的百年軌跡》
布萊恩・狄倫：《隨筆主義》（部分段落為葉梓誦協助翻譯）
弗朗索瓦絲・拉沃卡著，曹丹紅譯：《事實與虛構：論邊界》
皮耶・布赫迪厄著，石武耕、李沅洳、陳羚芝譯：《藝術的法則》

匡靈秀著，楊詠翔譯：《黃色臉孔》
吉奧喬．阿甘本著，藍江譯：《品味》
吉爾．德勒茲、費利克斯．加塔利著，姜宇輝譯：《千高原》
吉爾．德勒茲著，劉雲虹、曹丹紅譯：《批判與臨床》
朱宥勳：《文壇生態導覽》
朱宥勳：《作家生存攻略》
米歇爾．傅柯著，潘培慶譯：《自我解釋學的起源》
米歇爾．傅柯著，潘培慶譯：《甚麼是批判／自我的文化》
米歇爾．德．蒙田著，潘麗珍等譯：《隨筆集》
言叔夏：《白馬走過天亮》
谷崎潤一郎：〈我的貧窮故事〉，收錄於《死線已在十天前》，陳令嫻譯

哈羅德．布魯姆著，徐文博譯：《影響的焦慮》
約瑟夫．諾思著，劉瑞華譯：《經濟史的結構與變遷》
馬克曼．艾利斯著，孟麗譯：《咖啡館的文化史》
張誦聖：《文學場域的變遷》
理查．桑內特著，洪慧芳譯：《合作》
理查．桑內特著，洪慧芳譯：《棲居》
理查．桑內特著，廖婉如譯：《匠人》
喬納森．卡勒著，李平譯：《文學理論》
雅各．索爾著，閆翊均譯：《自由與干預》
黃宇軒：《城市散步學》
黃錦樹：《論嘗試文》

詹姆斯．伍德著，黃遠帆譯：《小說機杼》
詹姆斯．伍德著，蔣怡譯：《最接近生活的事物》
雷貝嘉．阿諾德著，朱俊霖譯：《時裝》
齊奧爾格．齊美爾著，費勇等譯：《時尚的哲學》
劉軍：《當代散文理論流變史稿》
樊善標：《真亦幻》
歐登伯格著，賴彥如譯：《偉大的好所在》
駱以軍：《我未來次子關於我的回憶》
顏水生：《中國散文理論的現代轉型》
羅貝托．波拉尼奥著，趙德明譯：《地球上最後的夜晚》
羅蘭．巴特著，敖軍譯：《流行體系》

羅蘭・巴特著，劉森堯、林志明譯：《羅蘭巴特論羅蘭巴特》
羅蘭・巴特著，劉森堯譯：《羅蘭巴特訪談錄》
蘇珊・桑塔格著，王予霞譯：《我等之輩》
蘇珊・桑塔格著，陳相如譯：《重點之間》
蘇珊・桑塔格著，黃茗芬譯：《反詮釋》
蘇珊・桑塔格著，郭寶蓮譯：《重生：桑塔格日記第一部》
蘇珊・桑塔格著，陳重亨譯：《正如身體駕御意識：桑塔格日記第二部》

新火 11

造次

作者　沐羽

副社長　陳瀅如
總編輯　戴偉傑
責任編輯　戴偉傑
編輯協力　何冠龍
行銷企畫　陳雅雯、趙鴻祐
封面設計　IAT-HUÂN TIUNN
封面插畫　柳廣成
內頁排版　宸遠彩藝
印刷　前進彩藝有限公司

出版　木馬文化事業股份有限公司
發行　遠足文化事業股份有限公司（讀書共和國出版集團）
地址　231023新北市新店區民權路108之4號8樓
電話　02-2218-1417
傳真　02-2218-0727
客服信箱　service@bookrep.com.tw
客服專線　0800-221-029
郵撥帳號　19588272木馬文化事業股份有限公司
法律顧問　華洋法律事務所　蘇文生律師

初版一刷　2025年1月
定價　NT$450
ISBN　9786263147904（紙本）、9786263147874（EPUB）

國家圖書館出版品預行編目（CIP）資料

造次/沐羽著. -- 初版. -- 新北市 : 木馬文化事業股份有限公司出版 : 遠足文化事業股份有限公司發行, 2025.01
368面 ; 12.8×19公分
ISBN 978-626-314-790-4(平裝)

855　　113020070